ぼくが生きてる、ふたつの世界

五十嵐 大

幻冬舎文庫

ぼくが生きてる、ふたつの世界

まえがき

ぼくは耳の聴こえない両親の元に生まれた。父は幼少期の病気が原因で聴力を失い、母は生まれつき音を知らない。このように耳の聴こえない、あるいは聴こえにくい親に育てられた聴こえる子どもは〝コーダ〟と呼ばれる。これは「Children of Deaf Adults」の頭文字を取った言葉（CODA）で、「聴こえない親の元で育った、聴こえる子どもたち」を意味する。けれど、この言葉を知ったのは大人になってからだった。子どもの頃は、聴こえない親に育てられている子どもなんて自分くらいだ、と真剣に考えていた。

いつも、ひとりぼっちだった。

そんな環境が嫌いだった。聴こえない親のことが、嫌いだった。父は中途失聴者であるため、多少は音声でのコミュニケーションが取れる。けれど、母はまったく音を知らない。だから、特に母のことが疎ましかった。生まれつき耳が聴こえないお母さんに育てられているだなんて、誰にも知られたくなかった。とにかく恥ずかしい、とさえ思っていた。

障害者とその家族は、社会からいつも〝ふつうではない〟という眼差しをぶつけられる。だからこそ、〝ふつう〟になりたいと願ってきた。子どもだったぼくにとって、それはとてもしんどいことだった。無理解によって必要以上に傷つけられてしまうこともあった。すべて、母の耳が聴こえないせいだ。そんな気持ちがどんどん膨らんでいった。

でも、矛盾しているけれど、それ以上に母のことが大好きだったのも事実だ。

ぼくは好きと嫌いとの間で揺れ動き、ときには母のことをひどく傷つけてきた。

「障害者の親なんて嫌だ」とその存在を否定するような言葉をぶつけては、彼女のことを哀しませてきた。そのたびに母は、「お母さんの耳が聴こえなくて、ごめんね」と謝る。瞬間、罪悪感が芽生える。どうしてそんなひどいことを言ってしまったのだろう。母を傷つけたいわけではないのに、うまく距離が取れない。胸が潰れそうになりながら、常に母と向き合ってきた。あの日々を形容するならば、まさに〝格闘の毎日〟だ。

それでも、いまは聴こえない母の元に生まれてきたことを、とても幸せなことだと感じている。母とぼくとの人生は苦しみや葛藤に満ちていたものの、驚きや発見も溢れていた。そしてなにより、いまは彼女との間に〝ひとつの夢〟ができた。それをとても誇りに思っている。

本書には、そんな聴こえない母と聴こえるぼくとの人生を綴った。ぼくらがどんな人生を歩み、なにを見つけられたのか。とある親子の格闘の歴史を知ってもらえたら幸いだ。

目次

第三章  そして、上京

第四章  コーダに出会う

第五章 母との関係をやり直す

第一章

海辺の小さな町に生まれて

第一話
平凡な町に暮らす、〝ふつうではない〟親子

ぼくは宮城県にある海辺の町で生まれ育った。自宅の二階にある窓から身を乗り出せば、目と鼻の先に港が見える。潮の匂いが風に乗って届くと、鼻先がくすぐったくなる。

東京と比べると、買い物できる場所も遊べるスポットも少ないし、港とは反対方向に足を延ばせば田んぼや畑が広がっている。正真正銘の田舎だ。でも、空気が澄んでいて、時間の流れがゆっくり感じられるその町が好きだった。

ぼくは四人の家族と暮らしていた。彼らは一般的にいう〝ふつう〟とは少しだけ異なる部分を持っていた。祖父は元ヤクザで、気性の荒い乱暴者。酒に酔うと些細(ささい)なことで怒り狂い、家のなかで暴れまわる。暴言を吐くことは珍しくなかったし、物を投げつけたり、暴力を振るったりすることもあった。

祖母はとある宗教の熱心な信者だった。「神さまにお祈りすれば幸せになれる」が口癖で、ぼくにも信仰を強制した。それは近所でも有名で、なかにはそんな祖母を敬遠する人もいた。

そして、両親は耳が聴こえなかった。いわゆる〝ろう者〟だ。

それでも、幼い頃のぼくにとっては、ちょっと変わっている祖父や祖母を含め、ろう者である両親との暮らしは〝ふつう〟のことだった。

「手話に頼っていては、これから先、きっと苦労するから」という考えを持っていた祖父母の方針もあり、家庭内ではあまり手話が尊重されていなかった。母は必死で口話を身につけ、唇の動きを読み、話しかけてくれる。でも、彼女にとっての第一言語は手話であることを理解していたぼくは、日常生活のなかで少しずつ手話を習得していった。たどたどしい手話で「ご飯が美味しい」「お母さんのこと、大好き」と伝えると、母はいつもうれしそうに笑ってくれた。

小学生になり、ひらがなを覚える頃には、母と〝秘密の手紙交換〟をするようになっていた。〝秘密の〟とはいえ、その内容はとても些細なものだ。

『あしたは、カレーがたべたいです』

『カレーはとりにく、ぶたにく、どっち？』

『せんせいが、おかあさんびじんっていってた』

『ありがとう』

なにか伝えたいことがあると、手紙にしたため、それを郵便受けに入れておく。すると大抵、翌日には返事が届く。その遊びがとても楽しくて、しょっちゅう母に手紙を書いた。

その頃は、母と一緒に外を歩くのも好きだった。なにかしらの用事があり外出するとき、母は必ずぼくに知らせてくれた。

幼いぼくにもわかるように、ゆっくり大きく手を動かす。

〈いまからスーパーに行ってくるね〉
〈ぼくも一緒に行く！〉

外出するときは必ず手をつないだ。母はきっと幼いぼくのことが心配だったのだろう。けれど、ぼくもまた、母のことが少し心配だったのだ。

たとえば、背後から近づいてくる自動車のエンジン音が、母の耳には届かない。そんなとき、そっと母の手を引っ張って知らせる。自動車に気づいた母はぼくを見つめ、「ありがとう」と微笑(ほほえ)んだ。

母のことを守らなければいけない。それは誰に言われたわけでもなく、物心つく頃には胸中に自然と芽生えていた想いだった。中途失聴者である父以上に、生まれながらにして音を知らない母にはより困難があるように見えていた。

聴こえることを前提とした社会のなかで、聴こえない母は生きていかなければならない。だとすれば、聴こえるぼくが彼女の〝耳〟の代わりになるのは当然だと思っていたのだ。それは義務感などではなく、彼女のことがただ大好きだったから。大好きな母が困らないよう、ぼくは幼いながらもまるで彼女を守るヒーローのように振る舞っていたのだと思う。

でも、母は決して弱音を吐かない人だった。いつだって笑顔を絶やさないとてもひょうきんな人で、どんなときもぼくを笑わせ、楽しませようと一生懸命だった。一番得意だったのは、お笑いタレントのモノマネだ。

当時のテレビには字幕機能が搭載されていなかったため、母がテレビ番組の内容やタレントの発言を正確に理解することは難しい。それでも彼女は、一人ひとりの身振り手振りをコピーして見せてくれた。それはびっくりするくらい似ていて、ぼくはいつもお腹を抱えて笑った。耳が聴こえないことを補うように〝見る〟ことに長けていたのだと思う。第三者のちょっとした仕草に敏感で、一度見たものをすぐに覚えてしまう。それをモノマネという形で表現して、楽しませてくれていた。

ときには祖母のモノマネをすることもあった。少しおっちょこちょいなところのある祖母は、よく物を失くす人だった。眉尻を下げ、「困った、どうしよう」と呟(つぶや)きながらカバンをひっくり返したり、引き出しのなかを漁（あさ）ったりする祖母の姿はちょっと間抜けだ。母はその様子も完コピしては、こっそり見せてくれた。

〈今日は、回覧板をどこかにやっちゃったんだって〉

そう言いながら困り顔を作る母がとても面白かった。ぼくが声をあげて笑う姿を見ると、母はうれしそうな表情を浮かべ、ますますふざける。

いま思えば、その光景はとても幸せなものだったと思う。ぼくと母との間には、いつも温かな陽だまりのような空気が流れていた。

その頃はまだ、母の耳が聴こえないことなんて「なんの問題もない」と思っていた。

第二話　聴こえない母は、おかしいのかもしれない

弱音は吐かないものの決して気が強いわけでもなく、むしろ他人よりも気弱な母には、それでもなんでも自分ひとりでやってしまおうとするところがあった。もしかしたらそれは、祖父母の教育が関係していたのかもしれない。彼らは聴こえない母を「聴こえるようにしよう」と一生懸命だったらしい。ぼくが生まれる前、母が子どもだった頃は、いまよりもろう者への理解が進んでおらず、聴こえないことは努力次第で〝治る〟と勘違いする人もいた。

それは無理なことだ。障害は、治るものではない。

けれど、そんな教育を受けてきた母は、なるべく周囲に迷惑をかけないように、と考える人だった。だから、困っていても口にしない。気軽にSOSを出さず、なんとかして自分で解決しようとしてしまう。

それでも、努力だけではどうしたってカバーできないことがあった。それは〝音〟にまつわることだ。

たとえば、母は電話に対応することができない。あるいは、来客があったとき、相手の話を聴き取ることができない。耳が聴こえないのだから、それは仕方ないことだろう。

だからこそ、母の代わりにそれらに対応することが、幼いぼくの役割だった。ただ、祖父母や父、そして母本人からも「代わりにやってね」と言われたことは一度もない。母を守りたい一心で、自発的にやっていたことだ。

そもそも、両親はぼくが生まれる直前、祖父母から「心配だから」と説得され、同居することになったという。聴こえない夫婦がどのように子育てをしていくのか、壁にぶつからないのか、なによりも聴こえる子どもにどうやって言葉を教えるのか祖父母も不安だったのだろう。気づいた頃には、ぼくは両親と祖父母に囲まれて生活をしていた。

電話や来客に対応するのは、もっぱら祖母の役目だった。もともとお喋り好きということもあって、電話が鳴れば瞬時に取るし、お客さんが遊びに来れば玄関先で延々と話している。ぼくはそんな光景を見て育った。

けれど、祖母も常に家にいるわけではない。友人が多い彼女は、しょっちゅう家を留守にする。祖父は祖父で仕事をしていたため、いないことが多い。父も仕事に一生懸命だった。そうなると、家にいるのはぼくと母のふたりだけ。そんな状況でぼくが電話に出たり、来客の対応をしたりするようになっていったのは、すごく自然なことだった。

リビングでけたたましく電話が鳴ったら、「もしもし、五十嵐でございます」と受ける。その言い回しは祖母のものだ。まさか幼いぼくに電話対応をさせようだなんて考えてもいなかった祖母は、受け答えについてきちんとぼくに教えたことがない。でも、ぼくは祖母の様子を見てそれを学び取り、いつの間にか一丁前に対応できるようになっていた。

するとと、電話口の人がクスクス笑いながら、「大ちゃん、おばあちゃんそっくりね。偉いねぇ」などと言う。たしかにまだ幼稚園に通っているような子どもが〝おばあちゃん言葉〟で受け答えする様子は微笑ましいし、ちょっと面白いだろう。そう褒められるたびに気をよくし、率先して対応するようになっていった。

一方で、そうやって電話にも出られるようになり、来客時もわけがわからないまま相手の話に耳を傾けるようになっていくと、それができない母のことを〝ふつうではない〟のだと認識するようにもなった。

あるとき、こんなことがあった。

いつものように母とふたりでテレビを見ていると、インターフォンが鳴った。

〈誰か来たみたい〉

来客があったことを母に伝え、玄関に向かう。

そこにいたのは、なにかの営業職の人だったと記憶している。スーツを着た大人の男性がニコニコしながら立っていて、「お父さんかお母さんはいる?」と訊いてきた。そして、遅れてやってきた母を認めると、一方的に話しはじめた。もちろん、母にはその内容が理解できない。

「あの……お母さん、耳が聴こえないんです」

そう告げると、その人は少し驚いた顔をして、パンフレットと書類のようなものを差し出した。そしてひとこと簡単な説明を添え、こう言ったのだ。

「お母さんに見てもらいたいんだけど、これ、意味わかるかなぁ?」

母は耳が聴こえないだけで、日本語を読むことはできる。ただし、彼女はうまく日本語の文章を理解できないところがあった。それははっきり言えば、祖父母の教育のせいだ。彼らは母の聴覚障害が治るものだと信じ、彼女をろう者が通うろう学校ではなく、聴者が通う小学校に入れた。そこでの授業は日本語の音声で行われる。聴こえない母はその内容を理解することができず、結果として、日本語がわからないまま育った。

高学年になってもきちんとした日本語が書けない母を見かねた祖父母は、諦めて彼女をろう学校に入れた。そこで手話を身につけた母は、ようやくコミュニケーションの手段を覚えていった。

だから、母の第一言語はあくまでも手話である。とはいえ、日本語の文章がまったく理解できないわけではない。ニュアンスをうまく汲み取れないことはあるものの、そこに書かれていることがわからないわけではないのだ。〝秘密の手紙交換〟だってできていたのだし。

それなのに、どうしてこんなことを言われなくちゃいけないのだろう。母のことをまるで〝馬鹿な人〟のように扱われたことが、とてもショックだった。

聴こえない母は、彼が発した言葉の意味もわからないまま、パンフレットを笑顔で受け取った。その瞬間、彼はホッとした表情を浮かべ、そそくさと出て行ってしまった。

静かになった玄関先で、母が促す。

〈さぁ、行こう?〉

〈うん〉

再び母がテレビに目を向ける。どこまで理解できているのかわからないけれど、母は楽しそうに目を細めている。

全然楽しくなかった。もしかしたら、母が〝聴こえない〟ことは想像以上に大きな意味を持っているのかもしれない。生まれて初めて、そう思った。

ぼくはなんだか暗い気持ちになって、チカチカするテレビ画面をぼんやり眺めた。

第三話
母の喋り方を笑われてしまった日

生まれつき耳が聴こえない母は、音を知らない。そのため、日本語をうまく発音することができない。よく勘違いされるのだけれど、ろう者は発声ができないわけではない。面白いことがあれば声を立てて笑うし、驚いた瞬間には大きな悲鳴もあげる。手話で会話をしていても、喉の奥から唸（うな）るような声を出すこともある。ただし、その発音が聴者とは異なるため、変に聞こえてしまうことがある。

でも、それが〝変〟だとは知らなかった。

小学三年生になり、初めてのクラス替えがあった。ひとりっ子で甘やかされて育ったぼくは、とても引っ込み思案で恥ずかしがり屋の子どもだったため、うまく友達をつくることができなかった。だから、せっかく仲良くなったクラスメイトたちと離れ離れになってしまうことが怖かった。

そんなとき、母はいつも「大丈夫だよ」と背中を押してくれた。揃えた右手の指先を左胸に当て、それをゆっくり右胸へと動かす。これが「大丈夫」という意味の手話だ。

不安になっていると、母はこの手話を見せてくれる。ぼくもそれを真似る。この「大丈夫」は、合言葉になっていた。

母に応援されたおかげもあり、新しいクラスでも何人かの友達をつくることができた。そのうちのひとり、Yくんとは特に仲良しだった。ぼくとは異なりとても活発なタイプで、ドッジボールが得意なクラスの人気者。そんなYくんに憧れを抱いていたし、地味で大人しいぼくと仲良くしてくれていることがとてもうれしかった。

ある日の帰り道、一緒に帰っていたYくんが唐突に言った。

「今日、大ちゃんちに遊びに行ってもいい？」

Ｙくんにそんなことを言われると思っていなかったので突然のことに驚きつつも、喜んで頷いた。

「うん！　大丈夫！」

「じゃあ、うちに寄ってランドセル置いてから行こう！」

自宅までの道を、Ｙくんとはしゃぎながら歩いた。最近買ったゲームの話でひとしきり盛り上がり、一緒にプレイすることになった。近所の子たちと遊ぶことはあっても、少し離れた場所に住む子と遊ぶのは初めてだったため、若干緊張する。それでも、夕飯の時間までたっぷり遊べることが堪らなくうれしくて仕方なかった。

寄り道をしながら自宅に着くと、母がぼくとＹくんを出迎えてくれた。まさか友達を連れてくるなんて思っていなかったのだろう、少し驚いて目を丸くしている。慌てて手話で説明をした。

〈友達、連れてきたの。遊んでもいい？〉

後ろからYくんの元気な声も響く。

「こんにちは！」

状況を把握した母はすぐさま相好（そうごう）を崩す。そして、口を大きく開きながら、口話で言った。

「おういあね」

よく来たね。母はそう言ったつもりだったのだろう。けれど、うまく発音ができないため、はっきりした言葉にはならず、その場にくぐもった音だけが響いた。それはいつものことだ。ぼくはなにも気にせず、Yくんと二階に上がった。

しばらくゲームに熱中していると、母がおやつを持ってきてくれた。お盆にジュースと煎餅（せんべい）が並んでいる。

それに気づいたYくんが「ありがとうございます」と頭を下げた。母はうれしそうに笑って続けた。

「おうど」

どうぞ。これもまた、不明瞭な響きを持って響く。そうして母が下に降りていった後、Yくんが笑いながら言った。

「なんかさ、お前んちの母ちゃん、喋り方おかしくない？」

「……え？」

「さっきもそうだったけど、喋り方変だよな？」

そう言って、Yくんはクスクス笑っている。それに対し、言葉が出なかった。顔が熱い。鏡を見なくても、真っ赤になっているのがわかる。


母の喋り方は、おかしい。それをまさかYくんに指摘されるなんて。

耳が聴こえないから、仕方ないんだよ。本当はそう言えばよかったのかもしれない。でも、なにも言えなかった。母の耳が聴こえないことを説明したとして、彼女の喋り方がおかしいことに変わりはない。むしろ、触れてほしくない傷痕をさらけ出すようで、途端に怖くなってしまった。

結局、「そうかなぁ」と誤魔化して、その場をやり過ごした。

Ｙくんが帰った後、ゲームを片付けているぼくに、母が尋ねた。

〈新しい友達？　楽しかった？〉

引っ込み思案の息子に新しい友達ができたのだ。母としてもうれしいことなのだろう。その目は喜びに満ちているように見えた。

〈うん、楽しかったよ〉

〈また呼んだらいいよ。次はちゃんとしたおやつ用意するからね〉

母の言葉に頷く。でも、もう二度とＹくんを呼ぶことはないだろうと思っていた。母の喋り方を笑ったＹくんと、どうやって仲良くしたらいいのかわからなかった。

ただ、Ｙくんを責める気にもなれなかった。なにも事情を知らないのだ。Ｙくんが抱いた違和感を責めることなんてできない。

じゃあ、一体誰が悪いんだろう。ぼくの目線の先では、母がいつまでもニコニコしていた。

第四話
授業参観や運動会に、来ないでほしい

〈最近、友達来ないね〉

母にそう訊かれるたび、言いしれない居心地の悪さを覚えるようになった。

Ｙくんの一件があってからというもの、ぼくは友人を自宅になかなか招待できなくなってしまった。もしも、また母の喋り方を笑われてしまったらどうしよう。きっとうまくやり過ごすことはできない。

〈うち、ゲーム少ないし、友達んちに遊びに行った方が楽しいから〉

〈そう？　また連れてくるときは教えてね〉

母の問いかけをなんとか誤魔化す。母はぼくがなにを考えているのか気づいていないのだろう。なんだか悪いことをしているような後ろめたさが、胸いっぱいに広がっ

ていく。

同時に、よその母親とぼくの母とを比較するようにもなっていった。

どこの家に遊びに行っても、みんなやさしい笑顔で迎えてくれる。なかにはぼくの名前を覚えてくれて、親しみを込めながら話しかけてくれる母親もいた。

「大ちゃん、いつもうちの子と遊んでくれてありがとうね」

「大ちゃん、せっかくだから夕飯も食べていかない？」

「大ちゃん」「大ちゃん」「大ちゃん」

名前を呼んでもらえるのはうれしい。けれど、そのたびに、母はこんな風にはっきりとぼくの名前を呼ぶことができないのだ、と痛感する。いくら記憶を探ってみても、「大ちゃん」と明瞭な発音で、母から呼ばれたことがない。

「あいちゃん」

母はぼくをこう呼んだ。だいちゃん、とは呼べない。それがずっと〝ふつう〟だったのに、Yくんに指摘されたことで、ぼくと母の〝ふつう〟は、もはやふつうではなくなってしまった。

ふつうではないということは、まだ狭い世界で生きる子どもにとって恥ずかしいこととイコールだ。周囲と足並みを揃え、一ミリもはみ出すことなくいたい。悪目立ちしてしまえば、馬鹿にされ、いじめにもつながりかねないことを知っていた。

だから、徐々に母の存在を隠すようになっていった。

クラス替えから数カ月後のことだった。帰りの会で、教師がプリントを配った。

「前からまわしてね～」

前の席の子がまわしてくれたプリントの束から一枚抜き取り、それをまた後ろの席の子にまわす。わら半紙のプリントには手書きの文字で「授業参観のお知らせ」と書いてあった。

新しいクラスになり、一人ひとりがようやく馴染(なじ)んできたタイミングで、家族に授業風景を見学してもらおうという狙いがあるらしい。

途端に教室中が騒がしくなる。

「げ〜！　母ちゃん来るの？」

何人かのクラスメイトは嫌がる素振りを見せていたけれど、それが本心ではないことはすぐわかった。頬を緩め、茶化すように騒いでいる。学校に母親が来るということが照れくさい反面、うれしくもあるのだろう。

「はいはい、静かに〜！　プリント、ちゃんとおうちの人に渡してね」

でも、みんなのようにはしゃぐ気持ちになれなかった。学校に母を呼ぶ。それは恐怖にも近いことだった。

その日はいつもよりも遠回りをして帰った。「一緒に帰ろう」という友人からの誘いを断り、たったひとりで学校を出た。

どうすればいいんだろう。

母が授業参観に来たら、笑われるかもしれない。耳が聴こえないせいでオロオロしている母。それを見て、クスクス笑い出すクラスメイトたち。なにもできず、固まっているぼく。どんなに頭を振っても、最悪のシーンばかりが次々に浮かんでくる。

どうすれば、母が笑われずに済むんだろう。それは宿題よりも難しい問いで、いくら考えても答えなんて出なかった。

学校から自宅までの道のりを逆に進んでいくと、港が見えてくる。朝方は漁師で賑わっているそこも、放課後になると閑散としている。そこをトボトボ歩きながら、あらためてプリントを広げてみた。

授業参観のお知らせ。その文字を賑わすように、星マークや動物のイラストがちりばめられている。当日の教室にはきっと、心温まるような空気が流れるのだろう。でも、いくら想像しても、そこで笑っている自分自身が浮かんでこなかった。

プリントを手に取り、端から少しずつ破いていった。原形を留めないほどビリビリに破ると、それを海に向かって投げ捨てた。海から吹く強い風に乗ると、紙吹雪のように舞い、散っていった。手を広げてみると、指先はインクで真っ黒に汚れていた。

結局、母は授業参観に来なかった。当たり前だ。ぼくが知らせていないのだから。

ところが、後日、母がそれに気づいてしまった。

〈こないだ、授業参観あったの？　なんで教えてくれなかったの？〉

近所の人の話で授業参観があったことを知った祖母から聞いたのだろうか、母は眉間に皺を寄せてぼくを見ている。そんな大切なことをどうして隠していたのだと、責めるような表情をしている。

どうして叱られなければいけないんだ。母が傷つかないように、馬鹿にされないようにと考えて出した結論なのに、ぼくが悪いのだろうか。

そんな想いをうまく伝えることができなかった。

〈お母さんには来てほしくなかったから……。耳が聴こえないから、学校には来ないでほしいの〉

そう言うだけで精一杯だった。その言葉の裏側にはさまざまな感情が潜んでいた。でも、幼いぼくには、胸の内を正確に伝えるだけの術がなかった。きっとそれは間違いだったのだろう。

ぼくの言葉を理解した母は、とても傷ついた表情を浮かべていた。けれど、瞳を潤ませたまま「わかった」と頷き、それ以上なにも言わなかった。

第五話 〝手話〟は変な言語なのだろうか

小学四年生になった。クラスは替わらないものの、なんとなく教師たちからは少しだけ大人扱いされるのを感じる。低学年の子たちの面倒を見てあげましょう、と言われる機会も増えた。

そして、四年生からは週に一回のクラブ活動もスタートする。一学期の初め、教師が言った。

「クラブ活動は一年間続きます。しっかり考えて、本当にやってみたいクラブに入るようにね」

クラブ活動がスタートするにあたり、四年生が体育館に集められた。そして、壇上では、既存のクラブを代表した上級生たちが、各々のクラブの魅力をアピールしている。

ドッジボールクラブ、バスケットボールクラブ、図工クラブ、科学クラブ……。どれも面白そうだ。でも、いまひとつピンとこない。そもそも運動が苦手なぼくに、スポーツ系のクラブに入る選択肢はない。かといって文化系のクラブで強く惹かれるものもない。

どのクラブに入ればいいんだろう。

そう思っていたとき、ひとりの教師が言った。

「新しいクラブを作りたい人は先生に相談してください。人数が集まれば、新しく設立することも考えます」

新しいクラブ——。ぼくだったら、なにを作るだろうか。

その日の晩、なんの気無しに母に話してみた。

〈四年生はクラブに入らなきゃいけないんだって〉

〈あら。どのクラブに入るの？〉

〈わかんない。入りたいクラブがないから〉
〈そう。楽しいのが見つかるといいね〉

手話を使ってそんなやりとりをしていたとき、ふとひらめいた。〝手話クラブ〟ってどうだろう。週に一回、みんなで手話の勉強をするクラブ。それに入れば、ぼくの手話ももっと上達するかもしれない。

幼い頃から母や父が使う手話に触れていたため、ある程度の手話は使えるようになっていた。けれど、それは「うれしい」「哀しい」「好き」「嫌だ」というように、端的に感情を表すものばかりで、複雑な胸の内を表現することはできなかった。でも、成長するにつれて、母に伝えたいことに幅が生まれる。

たとえば、「あの子が他の友達と仲良くしていると嫌な気持ちになる。嫌いじゃないのに、話もしたくない」というような、矛盾を孕（はら）む気持ちをうまく伝える術がないのだ。それは地味にストレスだった。

聴こえない母のことを、誰にも知られたくない。成長するにつれてその気持ちは少しずつ膨らんでいった。けれど、彼女のことが嫌いだったわけではない。むしろ、好きだからこそ、母が傷つけられる瞬間を見たくない。まるで籠のなかに鳥を押し込めるように、母を外の世界の悪意から守りたいと思うようになっていた。

母と父は仲がよかった。耳が聴こえないという共通点を持ったふたりの間には、〝同志〟のような絆（きずな）すらあったのかもしれない。母の悩みや苦しみに寄り添い、父はいつだって彼女を守ってきた。

ただし、そんな父にすらできないことがある。それは母の〝耳〟の代わりをすることだ。その役目は、聴こえるぼくに与えられた使命のようなものだと思っていた。

責任感にも近い気持ちを抱いていたからこそ、母とはなるべくわかり合いたい。それなのに、どうしても母が言わんとしていることが理解できない場面は増えていったし、逆にうまく伝えられないこともどんどん積み重なっていく。そのもどかしさが体中を這い回り、時々窒息（ちっそく）しそうになった。

でも、学校で手話を学ぶことができれば、いまよりもっと母とコミュニケーションが取れるようになるかもしれない。

そう思い立つと、すぐにクラスメイトたちを勧誘しはじめた。幸いなことに何人かが手話に興味を持ってくれて、クラブ設立に足りる人数が集まった。そうして、〝手話クラブ〟が新設されることになった。

クラブには、市から派遣された手話通訳士の女性が講師として来てくれることになった。場所は図書室の一角。そこでぼくらは、手話通訳士さんによる手話の授業を受けるようになった。

教えられる手話はとても基礎的なものばかりだった。ときには〝手話歌〟と呼ばれる、ポピュラーな歌に手話をつけてうたうものも教わった。いまでも覚えているのは、『となりのトトロ』の主題歌である「さんぽ」だ。歌詞に合わせて、手話をつけていく。

一緒に入ってくれた友人たちはとても楽しそうに手話を覚えていく。その姿を見て、心が浮き立つようだった。ぼくと母との間に〝だけ〟存在すると思っていた言語を、他の人たちが学んでくれている。それはまるで、ぼくと母の世界が少しずつ広がっていくようでもあった。

もちろん、〝手話クラブ〟を作ったことは母に報告した。

〈大ちゃんが作ったの？〉

初めてその話をしたとき、母は目を丸くして驚いていた。引っ込み思案で控えめな性格のぼくが、先頭に立って新しいクラブを作るだなんて、信じられなかったのだろう。

クラブで習ってきた手話を披露してみせると、母は目を細めながら頭を撫でてくれた。「さんぽ」も何度も一緒にうたった。

でも、そんな楽しい時間は長く続かなかった。

〝手話クラブ〟を設立して三カ月が過ぎた頃だった。放課後、いつものようにクラブ活動へ向かうぼくに、同じクラスの男子児童が言った。

「なぁなぁ、お前らの手話クラブってなにすんの？」

彼は半笑いで、唇の端を歪めていた。

呼び止められたぼくは足を止め、説明する。

「手話の勉強だけど……。手話って知ってる？」

「知らねー」

手話を理解していない彼に、一から丁寧に手話について教えてあげた。手話は耳の聴こえない人たちの言語であること。手を動かし、会話をすること。ちゃんと勉強すれば、日本語と同じようにコミュニケーションが取れるようになること。

一通り聞くと、彼は吐き捨てるように言った。

「なにそれ、変なの」

そのまま彼は走り去っていった。ぼくはその場から動けなかった。

ぼくと母をつなぐ手話が、「変なの」のひとことで全否定されてしまった。どうしてそんなことを言われなければいけないのだろう。

その日、図書室へ行くことができなかった。熱心な手話通訳士さんの前で、どんな顔をしたらいいのかわからなかった。きっと、いつものように笑えないだろう。

悔しさと恥ずかしさがじわじわ広がる胸を押さえて、ぼくは黙ってクラブ活動を休んだ。

第六話
障害者の子どもへの無理解と差別

手話は変。クラスメイトが言ったひとことは、心に深く根を張った。外で母と手話を使って会話しようとすると、手が止まる。どうしても周囲の人の視線が気になってしまう。

おかしいと思われているのではないか。笑われているのではないか。一度湧いた疑念は、時間とともにどんどん膨らんでいく。比例するように、母とうまく会話できなくなっていった。結局、〝手話クラブ〟は一年で辞めてしまった。手話に関わることが嫌になってしまったのだ。

そして、その頃から、障害者に対する差別や偏見というものに敏感になっていった。目を凝らしてみると、世のなかには想像以上にそれらが蔓延(はびこ)っていることに気づく。

なかでも忘れられないのが、小学六年生になったときに遭遇した出来事だった。

家の近所にはひとり暮らしのお婆さんがいた。ぼくは彼女ととても仲がよく、しょっちゅう遊びに行っていた。どうやら彼女は親族と疎遠になっているらしい。遊びに行くと、まるでぼくを孫のように招き入れてくれて、お菓子やジュースを振る舞ってくれた。

彼女の庭にはさまざまな草花が植えられていて、季節ごとの移り変わりが美しかった。花に水をやるときのコツや、一つひとつの花言葉を教えてくれた。

授業が終わり、ひとりで自宅に向かっていたときのことだ。お婆さんの家の前を通りかかると、彼女と隣に住むMさんが話し込んでいる様子が目に飛び込んできた。お婆さんはなにやら困っている。

なにがあったんだろう。そう訝しんでいると、ぼくに気づいたMさんが声をあげた。

「あんたが犯人でしょう」

突然、大人に詰問され、その場に立ちすくんでしまう。Mさんは忌々しげな表情を浮かべ、ぼくを睨んでいる。隣で呆然としているお婆さんは、とても哀しそうだ。その足元に目をやると、色とりどりの花弁が散っていた。どうやら、お婆さんが大切にしていた花壇が踏み荒らされてしまったらしい。

Mさんは、その犯人をぼくだと決めつけているようだった。

「知りません。ぼくじゃないです」

「そんなわけない。あんたでしょう」

「違います」

いくら否定しても押し問答だった。仲良しのお婆さんの花壇を荒らすわけがない。でも、信じてもらえない。そしてMさんは続けた。

「どうせこの子がやったんですよ。親が障害者だから、仕方ないかもしれないけど」

Mさんはいつもそうだった。「障害者の子どもだから」という理由で、常に差別的な眼差しを向けてくる人だった。

Mさんにはぼくと同世代のふたりの子どもがいた。でも、彼らは決してぼくと仲良くしようとはしなかった。近所の子どもたちが集まって遊んでいても、必ずぼくはのけ者にされてしまう。

理由はわかっていた。ぼくが障害者の子どもだからだ。Mさんの差別的な思想は、ふたりの子どもにも浸透していた。

それでも、いつも我慢していた。歯向かったって意味がない。

ただし、このときばかりは違う。やってもいないことの犯人にされるなんて、耐えられない。

「ほら、早く謝りなさいよ」

Mさんにそう言われた瞬間、なにかが音を立てて崩れてしまった。泣いちゃいけないと思っても、次から次へと涙がこぼれてくる。そして、堰き止められていた感情が溢れ出した。

「ぼくの両親が障害者だから、こうやって意地悪するんですか？」

ぼくの言葉を聞き、Mさんは顔を強張らせる。

「誰もそんなこと言ってないでしょう」

いくらMさんが否定しても、納得できない。三十分ほど反論を続けた。

すると、Mさんがバツの悪そうな表情を浮かべた。視線の先を追うと、そこには母が立っていた。どうやら近所の人が母を呼んだようだった。

母はMさんに不信の目を向けている。Mさんが障害者に偏見を持っていることは母も気づいていた。そんな人の前で息子が泣いているのだ。なにがあったのか、一目瞭然だったのだろう。

その場に母が来たことで、ぼくはすべてを諦めようとした。気弱な母から「もういいから、おうちに帰ろう」と言われるに違いないと思ったのだ。

けれど、そうではなかった。母はぼくの前に立ち、毅然と言った。

「わたしの耳が聴こえないから、わたしが障害者だから、息子をいじめるの？」

このとき母が発した声はうまく音にならなかった。それでも「いじめ」という単語だけが、はっきりと響いた。大人しいはずの母に反論され、Mさんが狼狽しているのがわかる。

Mさんはああでもないこうでもないと言い訳を並べていた。母はそれを真っ直ぐ見つめている。そして、母はお婆さんに「騒がせてごめんなさい」と頭を下げ、ぼくの手を引いた。

その手はとても熱かった。汗が滲（にじ）んでいて、母の鼓動までも伝わってくるようだ。見上げた母の瞳には、怒りと哀しみが滲んでいるようだった。

それから数日後、Mさんが謝罪に来たという。それ以降、道端ですれ違うと、挨拶もされるようになった。その豹変（ひょうへん）ぶりが理解できなかったものの、母はうれしそうに会釈を返していた。

大人になってから知ったことだけれど、その後、母とMさんとは仲が深まったという。いまではお互いの家を行き来する茶飲み友達として付き合っているらしい。

その事実を知ったとき、思わず「あのときのこと、Mさんにされたこと、忘れたの？」と言ってしまった。すると母は「いつまで昔のことを言ってるの」ととぼけたように笑い飛ばした。

自分に偏見の眼差しを向けてきた他者を許す。それは決して容易なことではない。それなのに、母はどうしてそんなことができるのだろう。そのときのぼくにはうまく理解できなかった。

第二章
自分の親が恥ずかしい

第七話　息子の〝声〟を聴きたくて

中学生になった。小学生時代、クラスメイトや近所に住む大人からの障害者差別を目(ま)の当たりにし、ぼくはすっかり人間不信になっていた。障害者という〝社会的マイノリティ〟はどこへ行ったって虐(しいた)げられてしまう。それを避けたいのならば、目立たずに暮らすしかない。家族であるぼくも同じ。親の障害を完全に隠し、〝ふつう〟であることを装って生きていくのが賢い選択なのだ。

そう思えば思うほど、母との間に距離ができていくのも感じていた。この頃は、もはや手話を使う機会も減り、母とのコミュニケーションはもっぱら口話だった。とはいえ、理解してもらえるように、ゆっくり・はっきりと話す努力もしなかった。それで通じないのも無理はないのに、言わんとしていることをうまく理解できない母を見て、苛立(いらだ)ちを募らせていった。

〈ごめん。もっとゆっくり話してくれる？〉

そんな母の訴えを、あっさり無視した。どうしてぼくが譲歩しなければならないのだ。悪いのは、あんただろ。そんな残酷な気持ちを抱いていた。

そうやって開いてしまった距離を、母は母なりに埋めようとしていたのかもしれない。

ある日、部活を終えて帰宅すると、母がうれしそうにぼくを出迎えてくれた。なんだか機嫌がいい。

〈なにかあったの？〉

おずおずと切り出すと、母が髪の毛をかきあげて左耳を見せてくる。一体なんだ？

よく見ると、そこには薄いベージュの小さな機械のようなものが装着されていた。耳にかけられた部分から透明なチューブが伸びており、その先が耳の穴に続いている。

〈これ、なに……？〉

〈補聴器だよ〉

〈補聴器って？〉

補聴器とは聴覚に障害のある人が装着する、音を聴き取りやすくするための器具だ。それにより、多少なりとも聴こえるようになるらしい。

〈なにか喋ってみて〉

音が聴こえるようになったことがよほどうれしいのだろう。上機嫌な母に気圧されてしまう。早く早く、と急かされるまま、ぼくは呟いた。


「……お母さん」


どうやら聴こえたみたいで、母はまるで小さな子どものようにはしゃいでいる。もう一回、と何度もせがんでくる。母のリクエストに応えるよう、「お母さん」という単語を繰り返した。

母の反応を見ていると、次第に、「これで聴こえるようになるのか！」という感動が芽を出す。けれど、その芽はすぐに潰えた。

〈なんて言ってるの？〉

補聴器のおかげで音が聴こえるようにはなったものの、その単語を正確に聴き取ることはできないようだ。なにか物音はするけれど、意味まではわからない。そんなところなのだろう。

自分でも驚くほど、その事実に打ちのめされてしまった。幼い頃から母の耳が聴こえないことは当たり前のことで、それが治ることはないと理解していたにも拘（かかわ）らず、補聴器の存在により僅（わず）かな希望を持ってしまった。そして、それがすぐさま砕かれた。こんなに苦しいことがあるだろうか。

けれど、母はそうではない。初めて耳にする音が珍しいらしく、とても楽しそうにしている。テレビの音が聴こえると「ちょっとうるさいね」と得意げにし、祖父母の会話を聴いては「なんの話？」と首を突っ込もうとする。この瞬間、母は赤ん坊と一緒で、この世に溢れているさまざまな音に感動を覚えていたのだろう。

〈それ、いくらしたの？〉

尋ねてみるとびっくりするような金額を告げられた。二十万。うちはそれほど裕福ではない。障害者枠で雇用されていた父の給料は健常者のそれよりも遥かに低く、家計に余裕なんてない。それなのに、どうして補聴器なんて購入したのか。装着したって、本当の意味で〝聴こえる〟ようになるわけじゃないのに。

「高いね」とだけ伝えたぼくがなにを考えているのか察したのだろう。母ははしゃぐのをやめ、真剣な面持ちでぼくを真っ直ぐ見つめた。

〈高くないよ〉

〈いや、高いじゃん。二十万って、意味ある？〉

なにを言ってるんだろう。馬鹿らしくなって話を切り上げようとすると、母がぼくの肩を抱いて続けた。

〈高くないよ。大ちゃんの声が聴こえるんだから〉

なんて言ってあげたらいいのか、わからなかった。仮にぼくの声が聴こえたとして、意味までは理解できないのに。それでも母にとっては、この補聴器がぼくと彼女とをつなぐ架け橋のようなものだったのかもしれない。

〈これからは、大ちゃんがなんて言ってるか、聴き取れるようになるから〉

そんなの無理だ、と思った。でも、母の笑顔を見ていると、なにも言えなくなる。ぼくはゆっくりと頷いた。それを見て、母は目を細める。

その日の夜、風呂から上がると、母が寝室で補聴器を丁寧に拭いていた。慈しむように、ゆっくりと。通りがかりに目が合うと、彼女は「おやすみ」と微笑んだ。ぼくも「おやすみ」と返す。

その手にある補聴器は、まるで宝物みたいに光っていた。

第八話
いじめられていることを相談できない

ぼくが通っている中学校ではいじめが起きていた。それに気づいたのは入学してすぐの頃だ。同じ小学校だった女の子が一部の女子から無視されているらしい、という噂(うわさ)を耳にした。いじめの主犯格は、ぼくらとは異なる小学校に通っていた生徒たち。制服を着崩し、髪の毛を茶色く染めている彼らは、見るからに近寄りがたい。

関わらない方がいい。反射的にそう思った。彼らに目をつけられたら終わりだ。波風を立てないよう、出来る限り目立たず静かに生きることを心がけた。でも、どんなに目立っていなくたって、彼らのなかに「いじめる理由」が生まれれば、あっという間に標的にされてしまう。一年生の冬、ぼくはいじめのターゲットにされてしまった。

最初は些細なことだった。廊下ですれ違いざまにからかわれる。もう覚えていないけれど、「なよなよしてんなよ」とか「うざい」とか、そんなことを言われた気がする。そのうち、根も葉もない噂を流されるようになった。「五十嵐は何組の◯◯が好きらしい」とかその程度のもの。相手にしても無駄なので、それらを無視して振る舞っていた。

するとぼくが応えないのが面白くなかったのか、放課後に呼び出されるようになった。掃除をしていると、「後で何組で待ってるから」と胸ぐらを摑まれる。もちろん、ぼくみたいにカーストの最底辺にいるような生徒に拒否権はない。むしろ、行かなければ翌日なにをされるかわからない。

指定された教室へ向かうと、ぼくをいじめていた奴らが待ち構えている。ただならぬ雰囲気を察知して、大人しい生徒たちはそそくさと出て行ってしまう。何人かに取り囲まれる。

「お前さ、態度よくないと思うよ？」

「ビクビクしてんなよ」

「いっつも暗くてキモいんだけど」

そんなことを言われても、どうしたらいいのか。ただひたすらヘラヘラ笑って、心を殺した。これくらい大丈夫。大丈夫だから。

そこまでされても学校を休んだりはしなかった。いじめに負けてしまうことがかっこ悪いと思っていたし、なにより、母になんと説明したらいいのかわからなかったからだ。

手話をきちんと学ばなかったぼくにとって、それは片言の英語みたいなもの。不十分な語彙で自分が置かれている状況を正確に伝えるなんて、無理な話だ。第一、ぼくがいじめられていることを知ったら、母はきっと自分を責めるだろう。自分の耳が聴こえないから、障害者の子どもだから、この子はいじめられている。そう受け止めてしまうに違いないと思った。母を守るために、耐えることを選んだ。

でも、耐えていたって状況はなにも変わらない。いや、もしかしたら、このまま我慢し続けていれば、彼らもやがては飽きてターゲットを変えるかもしれない。ただ、それがいつになるかはわからないし、卒業するまでこのままかもしれない。それまで心がもつだろうか。

いじめられるようになって、およそ三カ月が過ぎた頃だ。決意が固まった。このままじゃダメだ。誰にも頼れないのなら、自分でどうにかするしかないじゃないか。

いつものように呼び出され、彼らが待つ放課後の教室へと向かった。机の上に腰掛けた彼らが、教室に踏み入ったぼくに鋭い視線をぶつけてくる。

「お前、うぜえんだよ」

いつもいつも変わらない、脅し文句。この頃には彼らの罵声にも慣れていた。もう別に怖くない、と自分に言い聞かせた。

「……うざいのは、どっちだよ！」

反論すると、一斉に驚いた表情を浮かべる。いままで踏みつけていた虫けらに嚙みつかれ、呆気に取られているようだった。

「そうやって群れていないとなにもできないくせに！　ひとりじゃなにもできないくせに！」

　半ば興奮状態だったぼくは、一気にまくし立てた。いままで彼らにされてきたことを全否定し、怒りと軽蔑を込め、思いの丈を吐き出した。そして、「これ以上ぼくに関わらないで！」と吐き捨てると、そのまま教室から駆け出した。

　教科書の入ったカバンがとても重かったけれど、途中で立ち止まれなかった。振り向いたら後ろに彼らがいる気がして、止まればすぐに捕まってしまう気がして、夢中で自宅まで走った。呼吸が乱れ、涙が出てくる。カバンの重みでストラップが肩に食い込む。痛い。それでも必死に走り続けた。

　自宅に着くと、母がぼくを見るなり肝を潰したような顔をした。

〈どうしたの!?　大丈夫？〉

〈なんでもない、大丈夫だから〉

〈なんでもないことないでしょ？〉

〈大丈夫だから！〉

　顔をグシャグシャにしていて、なにが大丈夫なのだろう。でも、それしか言えなかった。

心配する母を振り切って自室にこもると、ぼくは声をあげて泣いた。

本当は苦しいのに、怖いのに、それをうまく伝えられない。そのもどかしさに身を切られそうになりながら、制服の袖口で何度も涙を拭った。この泣き声も母には届かないんだと思うと、余計に涙が溢れた。

第九話
両親の障害を公表した同級生

決死の覚悟で反論したおかげか、それっきりぼくへのいじめはなくなった。でも、それまで以上に大人しく、なるべく目立たないように過ごすことを心がけるようになった。もう二度とあんな想いはしたくない。息を潜め、存在していることすら悟られないように過ごす。それがぼくの身につけた処世術だった。

だから、両親の障害について話すなんてもってのほかだ。障害者の子どもであることを知られてしまえば、きっと珍しがられる。その好奇心は、再び一部の生徒たちの加虐心に火をつけてしまうだろう。黙っているのが賢いのだ。

夏休みを迎える時期だった。いくつも出される課題のなかに、弁論文があった。自分が訴えかけたいこと、誰かに伝えたいことを休み中に突き詰め、それを原稿用紙四枚ほどの分量にまとめてくる、というものだ。小学生の頃に書かされていた作文とは少し違うらしい。そして優秀者は、休み明け、全校生徒の前で発表もさせられるという。そんなのまっぴらごめんだ。そもそも訴えかけたいことなんて、これっぽっちもない。他の宿題はなんとか終わらせられたものの、弁論文は最後まで書けなかった。夏休み明け、教師からは「なんでもいいから書きなさい」と叱られたけれど、「どうしても書けません」と頭を下げた。

二学期が始まり、数週間が経った。全校生徒が体育館に集められ、弁論大会が行われるという。他人の主張なんて、なにが面白いのだろう。投げやりな気持ちとともに、生徒たちの列に並んだ。

すると教師からプリントが配られた。そこにはこれから発表する生徒たちの名前が書いてある。一人ひとりの弁論を聞き、点数をつけなければいけないらしい。全校生徒の前で発表させられた挙げ句、評点もつけられてしまうなんて可哀想じゃないか。ぼくは弁論文を提出しなかったことに、あらためて胸を撫で下ろしていた。万が一選ばれてしまったら、いまごろ生きた心地がしなかっただろう。

ひとり、またひとりと発表していく。自分の容姿に関するコンプレックスをしたためた女子生徒や、野球部の仲間との絆について熱く語る男子生徒など、その内容は実にさまざまだった。でも、なにも響いてこなかった。壇上でキラキラして見える彼らが主張することなんて、無関係だと思っていた。

ところが、ひとりの女子生徒が壇上にあがった瞬間、目が釘付けになった。彼女の名前はCさん。あまり目立たないタイプの、印象が薄い子だったけれど、ぼくは彼女のことを覚えていた。

Cさんは小学五年生のときに転校してきた子で、ぼくと同じように、両親の耳が聴こえなかった。ぼくの母とCさんの母親は友人で、母に連れられて何度かCさんの家に遊びに行ったこともある。でもその頃のぼくは、親の耳が聴こえないという共通点だけで親しみを感じることもなく、彼女と仲良くなることもなかった。

一体、なにを発表するんだろう。不思議と緊張しつつ、Cさんが口を開くのを見守った。

彼女は開口一番、両親のことを話しだした。

「わたしの両親は、耳が聴こえません」

動揺した。どうしてそんなことを言ってしまうんだ。みんなに知られるのが怖くないのか。ぼく自身の生い立ちを勝手に発表されているような気がして、いますぐに逃げ出したかった。

心のなかをかき乱されているぼくなんてよそに、Cさんは淡々と発表を続ける。

彼女は吹奏楽部に所属していて、トランペットを担当していた。音楽室からそれを持ち帰り、毎日自宅で練習していた。するとある日、母親が「トランペットを買ってあげる」と言ったそうだ。

「母は音が聴こえないのに、私にトランペットを買ってあげると言いました。必死に練習している私の姿を見て、聴こえなくても、それを認めてくれました」

Cさんは最後に、両親への感謝の気持ちを述べた。一礼すると、拍手が沸き起こる。

もちろん、一人ひとりの発表が終わるごとに拍手が響いたけれど、彼女に対するそれは一際大きいような気がした。

同時に、その拍手に押し潰されそうになった。親が障害者であることを隠さないCさんと、ひた隠しにするぼく。彼女を称賛する拍手が、ぼく自身を責め立てる。その場にいた全員から、「お前は最低だ」と言われているような気持ちになった。

ぼくは悪いことをしているのだろうか。Cさんのようにオープンにならなければいけないのだろうか。障害者の親を持っていることを隠さなければ、彼女のように褒められるのだろうか。だとしても、そんなもの望んでいなかった。褒められなくたっていいから、〝ふつう〟でいたい。〝おかしい〟とカテゴライズされたくない。ただ、みんなと一緒がいい。それだけだった。

手元のプリントに目を落とす。Cさんの弁論にも評点をつけなければいけない。散々悩んだ挙げ句、Cさんの箇所だけ空欄のまま、それを提出した。彼女のことをどのように評価すればいいのか、まったくわからなかった。

それ以来、廊下でCさんとすれ違うたび、ぼくは目をそらすようになった。

その真っ直ぐな目で、ぼくを責めないでほしい。情けない想いが胸中に広がっていた。

第十話
思い出が残っていないアルバム

三年生になる直前、家族で夕飯を囲んでいると祖母が明るい表情で口を開いた。

「春休みにみんなで旅行しようか。来年は受験で忙しくなるだろうし」

祖父や両親もそれに賛同する。けれど、驚くくらい心は浮き立たなかった。旅行、と聞いても、まったくうれしくない。

「……ぼくは、いいや」

「どうして？」

祖母が目を丸くしている。「いまから勉強しないといけないし」などと適当な理由をあげて、それっきりぼくは黙り込んだ。今日の味噌汁はなんだかしょっぱい気がする。箸が進まない。

「ごちそうさまでした」

箸を置いて、そのまま自室へと向かった。

幼い頃は、家族でしょっちゅう外出していた。祖母が外出好きで、ぼくや両親はそれに付き合わされていた。とはいえ、ぼくらも素直に楽しんでいたと思う。

でも、遠出するにはお金がかかるので、近場で済ませることも多かった。お気に入りは、仙台にあった大型ペットショップだった。一時期は、毎週末、父が運転する車に乗ってペットショップまで足を運んでいた。そこでなにかを買うわけではない。ただ、犬や猫、ウサギ、ハムスターなどの愛くるしい動物を眺めては、母とふたりで「かわいいね」と笑い合っていたのだ。ときには店員に断り、動物たちと一緒に写真を撮らせてもらうこともあった。自宅では飼えない分、そこで目一杯楽しんでいたのだろう。

〈今日、ハムちゃん見に行く？〉

母から誘われると、飛び跳ねるくらいうれしかった。

でも、いつからだろう、母と外出する機会がほとんどなくなってしまった。

それは反抗期だったからなのかもしれない。ただ、それだけではない、とも思う。やはり耳の聴こえない母のことが、恥ずかしかったのだ。
外出すれば、否が応でも手話を使っているところを誰かに見られてしまう。その人はぼくらのことをどう思うだろう。可哀想な人たち？　それとも、変な人たち？　いずれにしても、〝ふつう〟の人だとは受け止めてもらえないはずだ。それが嫌で仕方なかったし、そんなことを常に気にしなければいけないのはもっと嫌だった。だからぼくは、母と並んで歩くのをやめた。

自室でゲームをしていると、控えめにドアがノックされた。
母だった。

〈どうしたの？〉
〈ねぇ、おばあちゃん、みんなで旅行に行きたいって〉
〈また、それ？　ぼくはいいよ。行きたいなら、ぼくは留守番してる〉

〈どうして？　そんなわけにいかないでしょう〉

〈だって……勉強もあるんだよ〉

〈どこか行きたい高校あるの？〉


特になかった。将来なんて具体的に考えたこともない。

押し黙っていると、母がゆっくり手を動かした。

〈お母さんと一緒だから、嫌なの？〉


母の手話が信じられなかった。どうしてそんなことを言うのだろう。

「そんなことないよ！」

思わず大きな声が出てしまう。母はぼくを見つめていた。思わず視線をそらしてしまいそうになるのをグッと堪えて、もう一度繰り返した。

〈そんなこと、ないって〉

〈そう。わかった〉

それだけ言うと、母は出て行った。ドアが静かに閉められる瞬間、隙間から見えた母の表情が哀しそうだった。

気を取り直してゲームを再開する。けれど、全然面白くない。哀しそうな母の顔がちらつく。集中できなくなり、途中でコントローラーを投げ出した。

そんなことない。そう言った自分がとても白々しく思えた。そんなこと、あるじゃないか。

それっきり、祖母も母も、家族の誰もが、みんなで出かけようとは言わなくなった。それがどんなに哀しいことなのか、そのときは理解していなかった。ただ、面倒なことで思い悩む時間が減ったと、安堵(あんど)していた。

大人になってから、実家で保管されていたアルバムを開く機会があった。三冊。それを一ページずつめくっていく。母と父がまだ新婚だった頃から始まり、生まれたてのぼく、幼稚園の運動会、小学校の入学式、卒業式、家族でどこかに出かけている様子、さまざまなシーンが切り取られていた。

でも、三冊すべてを見終わって気づいた。ぼくが中学生になってからの写真が、一枚も存在しない。何度ページをめくっても、隅から隅まで探してみても、一枚も見つけられなかった。

中学生の頃のぼくは、母と出かけることを、母と並んで歩くことを、母と一緒に写真に写ることを、そのすべてを拒否していた。でも、それをすべて反抗期という理由に包み込んで正当化することはできない。

当時は、親が障害者であることを誰にも知られたくない、とたしかに思っていたからだ。そんな理不尽でワガママな想いを理由に、母から「思い出を残す」という行為を奪った。

いまはそれをとても後悔している。でも、いくら後悔したって時間は巻き戻せないし、過去を取り戻すことも叶わない。母から奪ったかけがえのない時間は、もう二度と返ってこないのだ。

そんな大切なことを想像すらできなかった当時のぼくは、本当に残酷だったと思う。

第十一話
息子の将来について、話し合えない母

それまで将来のことなんて考えたことがなかったのに、三年生になった途端、急に空気が変わった。与えられた環境のなか、なんとなく流されて生きてきたぼくら子どもに「選択する」という局面が少しずつ増えていく。そのひとつが〝進学先を選ぶこと〟だった。

三年生になってすぐの頃、帰りの会でプリントが配られた。そこには「進路希望調査」と書いてある。それがクラス全員に行き渡ると、教師が真面目なトーンで口を開いた。

「今年はいよいよ受験です。それに向けて、どの高校に行きたいか考えなければいけません。まずは親御さんと相談して、みんなの希望を書いてきてね」

これまでも将来の夢を考える機会はたびたびあった。小学生の頃は「将来の自分」をテーマに絵を描く授業もあった。そこでぼくはなにを描いただろうか。おそらく、その時々でハマっていたドラマやマンガに影響され、漫画家やタレントなどへの漠然とした憧れを将来の夢としていた気がする。でも、それらは決して現実的ではなく、いまの自分と地続きの未来だとは思えなかった。

正直、未来がそんなにいいものだとは思えなかった。障害者の親を持つぼくに、他の子と同じような未来が待っているのだろうか。親の側(そば)で彼らを支えていかなければいけない。そうなれば、選択肢だって狭まってしまう。聴こえない両親の元に生まれついた瞬間から、手元に用意されているカードは少ない。そのなかでなんとか折り合いをつけて生きていくことを余儀なくされるのだ。教師がたびたび口にする「自由」や「可能性」という単語は、いつだって白々しく響いていた。そんなもの、限られた子どもしか手にできない。ぼくは初めからその枠の外にいて、我慢と妥協を両手に、なんとか生きていくしかないのだ。

「提出は来週中だから、みんなちゃんと書いてくるんだよ」

クラス中が沸き立つなか、ぼくだけが少しずつ沈んでいくようだった。

結局、自分の成績を踏まえ、問題なく進めそうな高校名を記入した。もちろん、家族には相談しなかった。祖父母の感覚は古いものだし、両親に話したところでわからないと思ったのだ。実際、彼らが学生の頃には〝ろう学校〟しか選択肢がなく、勉強して進学し、夢を叶えるという道のりが想定できないことは知っていた。「障害者はとにかく手に職を付けるべき」と教えられていた両親は、それがやりたいことかどうかは二の次で、できる職に就き、生きていくのだと刷り込まれていたのだ。そんな時代を生きてきた両親に将来のことを相談したとして、納得できる回答が得られるとは思えなかった。

進路希望調査を提出した数日後、教師が言った。

「みんなの希望を基に、親御さんを呼んで三者面談をします。そこで一人ひとりの将来について話します」

親を交えて、将来について話す。想像するだけで気が重くなる。そもそも、母が教師の話を理解できるだろうか。

放課後、ぼくは職員室を訪ね、教師に話すことにした。


「先生……うちの親、耳が聴こえないんですけど……」

「うん、そうだったよね」

「だから……三者面談どうすればいいのかなって」

「ああ、それね。親御さん以外で来られる人はいない？」

「おばあちゃんなら、大丈夫かもしれません」

「うん、じゃあおばあちゃんに来てもらおうか」

「……わかりました。言っておきます」

三者面談に祖母が来る。それだけで悪目立ちすることは予想できたし、どうにかして避けたかった。けれど、どうしようもない。自分で将来を決めるようにと言うくせに、最終的にはそこに家族が介入する。教師の矛盾した言い分に納得できないまま、三者面談の日を迎えた。

当日の放課後、昇降口で待っていると、祖母が母を連れてやってきた。ふたりともいつもよりも綺麗な格好をしていて、それを見ているとむず痒（がゆ）い気持ちになる。

「大ちゃん、お待たせ」

祖母の隣で母も微笑んでいる。黒いワンピースを着た母は、どこかよそゆきの表情だ。ふたりを連れて教室前まで行く。廊下には順番を待つ生徒と、その親が椅子に座っている。でも、うちのように祖母と母親が連れ立って来ている家庭はなかった。他の生徒からの視線が痛い。どうしておばあちゃんも来ているんだろう。きっとそんな風に思われているんだろうな。居心地の悪さを感じながら、早く時間が過ぎるのを待った。

廊下で座って待っていると、教室の扉が開いた。なかからクラスメイトとその母親が出てくる。ふたりは深々と頭を下げ、去っていった。続いて教師が顔を出し、「お待たせしました。五十嵐さん、どうぞ」と笑った。

三者面談は滞りなく進んだ。教師は祖母に向かって、「五十嵐くんなら志望校に合格できると思いますよ」と言った。それを受けて、祖母も「それならよかった。あんまり勉強していないようだから、心配だったんです」と笑う。

その隣で、母はただずっと微笑んでいた。教師の言っていることも、祖母の受け答えも、母には届いていないのだろう。閉じられた教室で行われるぼくの将来に関する会話を、母は一ミリも理解できず、ひとり蚊帳の外に置かれているのだ。それをよそに、教師と祖母は和やかに話を続けている。

将来なんて、もはやどうでもよかった。それよりも、少しでも早くこの場から母とぼくを解放してほしい。それだけを思った。

第十二話
障害者の子どもになんてなりたくなかった

夏休みを迎える頃、仲良しのクラスメイトが言った。

「大ちゃん、塾行くの？」

塾に通うなんて考えたこともなかった。母は勉強することを強制したことがなかったし、そもそも、ぼくは成績が良い方だったため、その必要性を感じたことがなかったのだ。でも、もうすぐ受験を控えている身としては、塾でいわゆる受験対策をしておくべきなのかもしれない。

〈塾の夏期講習に行ってみようかと思ってるんだけど……〉

帰宅してすぐ、母におずおずと相談してみた。家計に余裕がないことは理解していたので、市内でも割安の塾を提示した。

母は笑顔で頷く。

〈大ちゃんが行きたいならいいと思うよ〉

ありがたい、と思う一方で、心に影が差す。母はどう考えているんだろう。ぼくの将来について、どう思っているんだろう。

〈お母さんはさ、ぼくが塾に行った方がいいと思う?〉

〈別に行かなくても大丈夫なんじゃないか、とは思うけど……。でも、行きたいんでしょ?〉

〈学校の友達も受験対策するんだって。だから、行った方がいいのかなって〉

〈それなら行ってもいいんじゃない〉

このとき、母は真剣にぼくのことを考えてくれていたのだと思う。母はいつだって、ぼくのやりたいことに反対しなかった。ぼくの気持ちを尊重し、応援してくれる人だった。

でも、不透明な将来というものに向き合っているいま、ぼくが求めていたのは「背中を押すこと」ではなく、「正しい道標（みちしるべ）を提示してくれること」だった。仮に間違った判断をしようとしているのであれば、全力で止めてくれたって構わない。親として、説得力のある誘導をしてほしかったのだ。

ただ、勉強によって自分の道を切り開くという選択肢を与えられずに育った母にとって、高校を選ぶことがどれほど重要なことなのか、きっと理解できなかったのだと思う。

結局ぼくは、自分の意思で塾に通うことを決めた。

塾に通うようになって、成績は飛躍的に伸びた。

夏期講習で苦手な数学や社会を克服し、得意だった英語はどんな問題でも解けるくらいになった。このままなら、三者面談のときに決めた志望校に合格することはほぼ確実だろうと思えた。

そこで、志望校のランクを上げることにした。

季節は秋だった。校庭にある木々は色づき、制服は長袖になった。みんな部活を引退し、いよいよ受験勉強に専念するようになっていた。

放課後、教師に志望校を変えることを告げた。

「五十嵐くんなら頑張れば大丈夫だと思うけど、親御さんには相談したの？」

相談なんて、していない。したところで、「いいよ」としか言われないだろう。進路は、ぼくだけで決めるしかないと思っていた。手探りで不安だったけれど、仕方ないのだ。

「はい、親もわかってます」

「そう。それなら頑張ってみようか」

狙っている高校に合格するためには、もっともっと勉強しなければいけない。余裕なんてない。授業がない日も塾の自習室に通い、一生懸命勉強した。同じ高校を目指す友人もでき、「一緒に合格するといいね」と励ましあった。

そして、いよいよ迎えた受験当日。東北の冬は大雪が降る。その日も朝から膝が埋まるくらいの雪が積もり、受験会場に着く頃には履いていたスニーカーがぐっしょり濡れてしまった。

時間制限があるなか、必死で問題を解く。わからない問題は飛ばし、確実に答えられるものだけを埋めていく。

手応えはあった。ギリギリで合格できるんじゃないか。不安と期待とがないまぜになった状態で、家路に就いた。

結果は、不合格だった。一緒に受けた友人と合格発表を見に行くと、掲示板にはぼくの受験番号だけがなかった。

帰宅したぼくの表情を見て、母は落ちたことを悟ったようだった。哀しそうな表情を浮かべながらも、母はぼくを慰めようとする。

〈一生懸命やったなら、いいじゃない。頑張ったんだから、元気出して〉

なにが「いい」んだ。元はと言えば、母がもっと真剣に相談に乗ってくれていたら、もっと頼れる人だったら、こうなってなかったのに。母の耳が聴こえてさえいれば、勉強の悩みも将来に対する不安も、全部話せたのに。聴こえない母のせいで、こうなってしまったんじゃないか。

〈こんな家に生まれてきたくなかった！〉

気づけば、手話と口話を交えて、母にありったけの怒りをぶつけていた。

〈お母さんがもっとぼくのこと考えてくれてたら、落ちなかったのに！　全部お母さんのせいだよ！　障害者の家に生まれて、こんなに苦労して、馬鹿みたいだ！〉

やるせない想いを吐き捨てると、母は弱々しく笑った。

〈ごめんね。お母さんのせいで、ごめんね〉

ぼくはそれ以上なにも言えず、母に謝ることもせず自室へと駆け込んだ。本当は母が悪くないことは知っていたけれど、やり場のない怒りをどう消化したらいいのかわからなかった。

第三章

そして、上京

第十三話　いつだって笑っていてほしいから

公立高校の受験に失敗したぼくは、私立の高校に通うことになった。滑り止めとして受験していたなかで、最も進学に力を入れている高校だった。そこの進学コースに入ることができたので、周囲の大人たちからは「大学進学を考えると、むしろよかったかもしれないよ」と言われた。

着慣れないブレザーに袖を通したとき、母はぼくを見てうれしそうに笑った。ネクタイの締め方に苦労していると、横から手を伸ばしてはそれを手伝ってくれた。

学ランを着ていた中学校時代に比べて、ほんの少し大人っぽくなった息子の姿が喜ばしかったのかもしれない。本当に通いたかった高校ではなかったものの、そんな母の顔が見られるのならば、気を取り直して前向きにやっていくしかない、と思った。

けれど、入学して半年が過ぎると、あっという間に勉強についていけなくなってしまった。もともと同じくらいの学力の生徒たちが集まっているのだから、そこまで差がつくことはないだろうと思っていた。でも、のんびりしているぼくを置いていくように、周囲の子たちはどんどん成績を伸ばしていく。気づけば、下から数えた方が早いくらいの劣等生になっていた。

カリキュラムも進学を意識したものだったため、進んでいくスピードが異様に速い。三年分の内容を二年生までのうちに終わらせ、残り一年は大学の受験対策にあてるという。

いくら勉強したって、わからない。取り残されてしまったぼくは、勉強に対する意欲を完全に失っていた。朝起きることができなくなり、遅刻の回数が如実(にょじつ)に増えた。「いってきます」と家を出たものの、そのまま学校には向かわないこともあった。適当に時間を潰し、帰宅する。なんのために入学したのか、その意味を見失うのに時間はかからなかった。

しかも、学費がとても高額だった。高い進学率を誇り、指導にも力を入れている高校だったから、それは仕方ないのかもしれない。でも、そこから落ちこぼれてしまったぼくが、高額の学費を払いながら通い続ける理由なんてあるのだろうか。退学しよう、と何度も思い、それでも母には打ち明けることができなかった。

一年生の終わり頃のことだった。ある日、母が唐突に言った。

〈パートしてみようと思うんだけど〉

近所のスーパーにある惣菜コーナーで張り紙を見たらしい。結婚してからずっと専業主婦だった母は、久々に働くことに意欲を見せている。

でも、きっと理由はそれだけじゃなかった。学費が家計を圧迫していることは明らかだった。それを少しでも助けるため、自らパートに出ることを決心したのだろう。

即座に反対した。

〈そんなの無理に決まってるだろ〉

母は「大丈夫だよ」と笑顔を見せる。

本当に大丈夫だと思っているのか。耳の聴こえない母が聴者に混じって、どうやって働くというんだろう。上司からの指示も聴こえない、同僚とお喋りもできない、お客さんに挨拶もできない。そんな環境に身を置けば、そのうち嫌な目に遭うに決まっている。悪口を言われるかもしれない。その悪口さえも聴こえない。孤独感のなかで働くなんて、つらすぎる。

聴者ばかりの世界で、聴こえない母にできることなんて、ほとんどないのだ。

ぼくはそんなことをまくし立てた。最初は笑っていた母も、ぼくの剣幕を目の当たりにして、押し黙ってしまう。それでも言葉を止めることができず、感情が溢れてしまう。

〈いじめられたらどうするんだよ！　自分から傷つけられにいく必要なんてない。お金がないんだったら、ぼくがアルバイトするから〉

そこまで言い切ると、母は「わかった、やめておくね」と眉尻を下げた。以来、母が外で働きたいと口にすることは一度もなかった。

そのとき、母に残酷なことを言っているなんて、微塵も思っていなかった。わざわざ差別がある世界に踏み入って、彼女が傷つく姿を見たくなかっただけなのだ。

母のことが好きだからこそ、いつだって笑っていてほしい。それは矛盾を孕む想いだった。母の笑顔を大切にしたいと願うくせに、時折、誰よりもぼくが彼女を傷つけてしまう。自分でも自分がわからなかった。母のことが好きなのに、嫌い。相反する感情で揺れ動いてしまう自分のことを、うまくコントロールできなくなる。

でも、このときはたしかに、母に傷ついてほしくないと思っていた。何気ない言葉で顔に暗い影を落とすことを知っていたからこそ、障害者への理解がない外の世界に出て、必要のない傷を負ってほしくない。障害者に対する心無い言葉や態度からは、出来る限り遠い場所にいてほしい。それだけだった。

それからぼくはアルバイトをはじめた。学校では禁止されていたものの、家計を助けなければいけないと思ったからだ。稼いだバイト代は、毎月母に渡していた。その都度、母は「いらないから、自分で使いなさい」と言ってくれたけれど、ぼくはそれを頑なに拒んだ。

ただし、母はぼくのバイト代には一切手を付けていなかった。毎月、それをちゃんと積み立てていてくれたのだ。それを知ったのは、少し先のことだった。

第十四話
大学に行くことを諦めざるを得なかった

進学コースに通っていると、一年生のうちから大学進学を強く意識させられる瞬間が多々あった。クラスメイトと話をしていても「どこの大学を目指しているのか」がたびたび話題に上ったし、高校のOB・OGを招いて彼らの受験秘話を聞く機会もあった。それまで自分の将来を明確に思い描いたことがなくても、そういう環境に身を置いていると、必然的に未来と向き合わざるを得ない。ぼくはなにがしたいんだろう。その頃、常に自問を繰り返していた気がする。

三年生になれば、それがより顕著になる。生徒は文系の大学に進学する者と理系の大学に進学する者とに分けられ、それに応じた授業が行われるようになった。まだ将来を決めかねていたぼくは、「とりあえず、潰しが効きそうだから」という理由だけで理系コースを選択した。でも、理系教科は大の苦手だ。数学も化学も生物も、ほぼ毎回赤点。理系に進むのであれば、絶望的な成績だった。

そんななか見つけたのは〝なにかを表現すること〟だった。その〝なにか〟はまだわかっていない。でも、幼い頃から理不尽な環境に置かれていて、それに怒りを抱くことが多かったぼくは、それをなんらかの形で表現するような仕事に就けたらいいな、と考えるようになったのだ。

そこでぼくが進学先として定めたのは、そういった表現全般を学ぶことができる、いわゆる芸術系の大学だった。

そうと決まれば早い。資料請求をし、そこに入学するためにすべきことを調べる。それからは図書館や書店に入り浸るようになった。入試の傾向やどんな生徒が歓迎されるのかを調べ上げた。

でも、調べれば調べるほど、ひとつの壁が立ちはだかった。目指していた大学は都心にあったため、受験するためには新幹線に乗らなければいけない。しかも、二次試験は数日にわたって実施される。となると、宿泊費もかかってしまう。そもそも、受験費用自体が非常に高い。そして、仮に合格したとしても、学費も信じられないような金額だった。

バイトをしながら学費を支払い、その上、生活費も工面できるだろうか……。どう計算しても、無理だろうと思った。じゃあ、奨学金を借りる？

そもそも、合格して引っ越すとなったとして、アパートを借りて生活必需品を揃えるだけのお金がない。きっと母は笑顔で出してくれるだろう。でも、そんな無理はさせたくない。

〈お母さん、ぼく、この大学に行きたいんだ〉
〈自分で考えたの？〉
〈うん。ここだったら、やりたいことが見つかる気がして〉
〈いいじゃない〉
〈でも、学費が高いし、そもそも受験するだけでかなりお金がかかるんだ〉

母に相談すると、彼女は大切そうにしまっていた封筒を取り出した。

〈なに、これ〉

〈大ちゃんがアルバイトで貯めたお金〉

〈え？　使ってなかったの？〉

母に促され、封筒のなかを覗いてみる。ぼくがバイトで稼いだお金は、数十万円になっていた。

〈これだけじゃ足りないだろうけど、後はお母さんとお父さんがなんとかするから〉

もちろん、これだけでは全然足りていない。受験費用と引っ越し費用が捻出できるか、それすらギリギリの金額だ。

〈お母さん……、ありがとうね〉

〈ううん。なにも心配しなくていいんだからね〉

でも、それからすぐ後のことだった。父の給料が大幅に下がってしまったのだ。

もともと、障害者雇用枠で働いていた父の給料が聴者よりも低いことは知っていた。高校に入ってすぐの頃、ボーナスがもらえなくなったこともあった。それでも仕事量は減るどころか、土日も出勤し、父は身を粉にして働いていた。母と父には障害年金が出ていて、それでなんとか家計がまわっていた。

もちろん、ふたりはぼくに対してそんな事実を伝えたりはしなかった。それをぼくが知ったのは、たまたまだった。ふたりが暗い顔をして手話で会話しているところを見てしまったのだ。その表情から、決して楽しい話題ではないことがわかる。目を凝らして彼らの手話をどうにか読み取ってみると、生活が苦しくなるかもしれない、という話だった。

そんなふたりを見て、決心が固まった。

〈ぼく、大学には行かないよ〉

そう伝えると、母も父も驚いた表情を浮かべ、ぼくの決意に反対した。思えば、ぼくがやろうとしていることに反対されたのは、それが初めてだった。

〈どうして!?〉

〈どうしても。別に大学に行かなくたって生きていけるし〉

〈じゃあ、就職するの？〉

〈それはわかんない。しばらくフラフラして決めようかなって〉

〈そんなのダメだよ〉

〈ううん。もう決めたから。先生にも伝えたよ〉

　いくら反対されても、気持ちは揺らがなかった。これは誰が悪いわけでもなく、ただ、運がなかっただけなのだ。だから、仕方ない。このときばかりは、母や父を責める気にはならなかった。

「進学しない生徒は初めてだ。恥ずかしいよ」

　教師からの嫌味を適当にかわし、高校を卒業した。クラスメイトたちがみんな新しい道に一歩踏み出す姿は眩（まぶ）しい。でも、ぼくの人生は最初から彼らとは交わるものではなかったのだ。そうやって自分を納得させた。

第十五話
差別してきた社会を見返すために

どうしてぼくは表現がしたいんだろう。大学進学を諦めた頃から、そればかりを考えるようになった。社会に対する怒りを表現したい。本当にそれが根底にあるのだろうか。自問自答を繰り返した先に見えてきたのは、とてもシンプルなものだった。

母とぼくを馬鹿にしてきた人たちを、見返してやりたい。

耳が聴こえないということだけで差別されてきた母。彼女の息子であることで見下されてきたぼく。なにも悪いことをしていないにも拘らず、いつだって社会はぼくらに偏見の眼差しを向けてきた。それに一矢報いるためには、誰よりも成功する必要がある。その結論に至ったのだ。

でも、学歴を放棄したぼくになにが残されているだろう。

結果としてぼくは、役者を目指すことにした。テレビに出るくらい有名な存在になれば、きっと誰からも認められるのではないかと思った。振り返ってみると、とても浅はかな理由だ。でも、真剣だった。

高校卒業間際からオーディションを受けはじめ、卒業する頃には東京にある芸能プロダクションにレッスン生として所属することが決まった。まずは地元で暮らしながら、定期的なレッスンやオーディションのたびに上京する生活がスタートした。

ぼくが明確な夢を見つけ、それに邁進(まいしん)する姿を母は懸命に応援してくれた。

〈大ちゃんがテレビに出たら、自慢だね〉

〈早くそうなれるように頑張るから、期待しててね〉

けれど、現実はそんなに甘くない。事務所に所属していた二年間、さまざまなオーディションを受けた。大きなものでは映画やドラマの端役から、小さなものでいうと再現ＶＴＲの仕事まで、実にさまざま。書類審査の段階で落とされることがほとんどで、よくて二次審査止まり。

どうしてオーディションを通過できないのか。事務所で行われるレッスン以外にも、自分で見つけたボイストレーニングやダンスレッスン、演技教室にも足を運んだ。

早くデビューして、みんなを見返してやりたい。その想いだけがぼくを突き動かしていた。

レッスンにはお金がかかる。事務所のレッスンだけで年間数十万、それ以外のものも毎月数万円が飛んでいく。母が使わずに貯めてくれていたバイト代はすぐに底をついて、ぼくはデビューに向けてかかる必要経費をどうにか捻出していた。

とはいえ、いつオーディションが入るかわからないため、シフト制のバイトはなかなか入れられない。結局、パチプロ崩れのようなことをして、なんとかお金を稼いでいた。傍目(はため)には、定職にも就かずギャンブルに興じているダメな男として映っていただろう。実際、周りの人に「就職しなさい」と言われることはしょっちゅうだった。

　それでも、どうしてもお金が足りなくて、東京までの交通費や、レッスン代の残りが支払えないこともあった。そんなとき、母はなにも言わずお金を出してくれた。

〈必ず返すから〉

〈いいの。大学に行かなかったんだから、これくらい大丈夫よ〉

　申し訳なさそうに受け取ると、母はいつもぼくに笑顔を見せた。そして、「頑張ってきなさい」と背中を押してくれた。


　けれど、一向に芽は出ない。事務所に所属して二年が過ぎた頃、社長から「三年目も頑張れるよね」と訊かれた。でも、頷くことはできなかった。

　パチンコだけではなく、空き時間には短期のバイトも入れていた。それでも、これ以上、不確かな将来にかけるお金はなかった。

　あと一年頑張ればデビューできるかもしれない。ただ、それでデビューできなかったら、また数十万をドブに捨てることになってしまう。そもそも、ぼくに可能性なんてあるのだろうか。レッスン代を取るだけのカモにされているのではないだろうか。

　散々迷った挙げ句、ぼくは事務所を辞めた。社長に退所の意思を告げると、彼はあっさりとそれを受け入れた。

最後のレッスンの日、東京から地元に帰る新幹線のなかで、こっそり泣いた。悔しかった。お金があればもう一年頑張れたかもしれないし、ぼく自身に魅力や才能があればすでにデビューできていたのかもしれない。

いや、それ以前の問題で、本当に役者になりたいのであれば、どんなに貧乏暮らしをしてでも食らいつくだろう。それをしないぼくは、ただ中途半端で根性無し。そんな人間が周囲を見返してやりたいだなんて、無理な話だ。

圧倒的な挫折感のなか、ぼくは家路に就いた。

〈事務所、辞めることにしたよ〉

〈え!? 勿体（もったい）ないじゃない！〉

〈ううん。もういいんだ〉

〈大ちゃんなら、絶対大丈夫なのに〉

母の励ましがつらかった。ぼくは何者にもなれないどころか、母の自慢の息子にもなれない。

〈もういいんだよ。しばらくしたら、就職するから〉

自分の夢を失ったこと。それ以上に、「障害者の息子だからって、ダメな人間ではない」と証明できなかったことが胸を貫くような痛みをもたらした。

第十六話
手話を使って話してくれて、ありがとう

役者を目指していた二年のうち、どうしても忘れられないことがあった。いま振り返ってみると、あの出来事が、ぼくと母との関係を明確にしたのだと思う。それくらい衝撃的で、いまでも胸に刻み込まれている。思い出すたび、鼻の奥がツンとする出来事だ。

それはぼくが二十歳の成人式を迎える頃のことだった。

間近に迫った成人式に備え、スーツを用意することになった。大学に進学していれば入学式用に購入していただろう。でも、進学しなかったぼくの手元にはスーツがない。せっかくだから、この機会に買っておいて損はないだろう。母とふたりで仙台ま

でスーツを買いに出かけることにした。

予算が潤沢にあるわけではない。ぼくらは量販店でそれを購入することにした。店員に勧められるがまま、ジャケットを羽織ってみる。ネクタイを締め、革靴を履くと、母が「似合うね」と喜んでくれた。でも、試着室の鏡に映っているのは、どこからどう見ても冴えない男だ。母の親バカさ加減に思わず笑みがこぼれてしまう。

「じゃあ、これで」

特にこだわりもなかったぼくは安いスーツに即決し、店を後にした。

時間はまだお昼過ぎ。まだなにも食べていないぼくらは、イタリアンレストランで昼食をとってから帰ることにした。

メニューを開くと、母がうれしそうにしている。

〈どうしたの？〉

〈こういうところにふたりで来るの、初めてだから楽しくて〉

〈変なの。なんでもいいから早く決めなよ〉

店員を呼び、ふたり分のパスタとサラダを注文する。すると店員が尋ねた。

「辛さはどうしますか？」

どうやら、母のパスタは辛さを調整できるらしい。でも、店員の問いかけは母に届いていない。

〈お母さん、これ辛さ変えられるんだって。どうする？〉

〈あ、そうなの。じゃあ、控えめがいいな〉

〈わかった〉

辛さを控えめにしてほしいと伝えると、店員は「承知しました」と下がっていった。母はその後ろ姿を目で追いかけていた。

ふたりで食べたパスタは美味しかった。「ちょっと頂戴」などと言いながら、あっという間に平らげる。食後に母はコーヒーを、ぼくはアイスティーを頼み、小一時間お喋りをした。

会計時、母が財布を出そうとするのを制して、ぼくが支払った。

店を出ると、母は大げさに頭を下げた。

〈ありがとうね。とってもうれしい〉

別に大した金額じゃないのに。母のオーバーさに笑いながら、駅へと向かった。

電車に乗ると、車内は混雑していた。それでもちょうどよくふたり分、席が空いていたので、そこに腰掛ける。仙台から最寄り駅までは三十分ほどかかる。

〈なんか久々に買い物したけど、疲れるね〉

〈そう?〉

〈うん。しかもスーツを買ったんだよ?　どんなのがいいのかもわかんないし、すごい疲れた〉

手話で話しかけると、母は機嫌よく返してくれる。その頃には、外で手話を使い母と会話をすることにも拒否感を抱かなくなっていた。「手話を馬鹿にするなら、すればいいさ」と開き直れるようになっていたのだ。そもそも、電車のなかでぼくらを馬鹿にする人と出会ったとしても、その瞬間さえ我慢すればいい。その人と明日も明後日も顔を合わせるわけではない。気にすることなんてない。

そこから三十分間、止まることなく話し続けた。成人式で初めてスーツを着ることの気恥ずかしさ、バイト中に出会った面白いお客さんのこと、最近ハマっているドラマの展開、レッスンの内容や事務所でできた友人について。どれもこれもくだらない内容だったけれど、母は楽しそうに頷いていた。

そうして最寄り駅に到着し、電車を降りた瞬間のことだった。母が立ち止まり、「ありがとうね」と手を動かした。なにがありがとう、なのだろう。ランチ代は出してあげたけれど、スーツを買ってくれたのは母だ。むしろ、ぼくが「ありがとう」を言う立場じゃないか。

〈なにが？〉

すると母は、ゆっくりと手を動かした。

〈電車のなかで、大勢の人たちが見ている前で、手話を使って話してくれて、本当にうれしかった。今日はとても楽しかったの。だから、ありがとうね〉

そして母は、さっさと歩きだしていった。でも、ぼくはその後ろ姿を追いかけられなかった。

ぼくは駅のホームに突っ立ったまま、号泣した。周りの人たちが不審そうにぼくを振り返る。そんなことを気にする余裕もなく、ひたすらに泣いた。

子どもが親と会話をするなんて、当たり前のことだ。けれど、そんな些細なことに喜びを感じるくらい、いつからかぼくは母を追い詰めていたのだ。レストランで母が言った「ありがとう」も、奢ってあげたことに対する感謝ではなく、おそらく店員が見ている前で手話を使ったことに対するものだったのだろう。

手話を使うことも母の耳が聴こえないことも、ずっと恥ずかしいと思っていた。だから、ぼくは手話を使わなくなり、母と外出もしなくなった。それが彼女をこんなに追い詰めていただなんて、想像もしなかった。でも、母はそのことでぼくを責めたりしなかった。むしろ、こうやって「ありがとう」と頭を下げるのだ。

その気持ちを思うと、涙が止まらない。母にしてきたことへの罪悪感と後悔、そして自分を恥じる想い。どうしようもない感情に包まれ、いつまでもそこに立ち尽くしていた。

第十七話
母を見捨て、東京へ行くことを決意したぼく

役者になるという夢を失ったぼくは、すぐに就職活動をした。でも高卒で、しかも二年間のブランクがあるとなかなか仕事が見つからない。結局ぼくは、仙台にあるイタリアンレストランでバイトをすることにした。成人式のスーツを買いに行った日、帰りに寄ったお店だ。母と手話で会話していても、店員が変な目を向けてこなかったのも好印象だった。

どうやらその店は人気店だったようで、ランチのピークタイムには〝待ち〟ができるほど混雑する。週四、五日、ぼくはランチタイムのスタッフとしてホールに立った。オーダーを取り、キッチンに伝える。できたてのパスタを運び、お客さんに笑顔を向ける。オープン前の掃除からランチタイムの終了まで働いたとしても、一日の勤務時

間は六時間ほど。それでも毎日クタクタになった。

店長やバイト仲間たちも、みんないい人たちだった。そのほとんどが「将来は自分のお店を出したい」という夢を持っている人たちで、勤務後にはカフェでお喋りしたりそのまま飲みに行ったりすることもあった。小中高と、心から安心して話せる友人があまりできなかったぼくにとって、そのお店で働くことは癒やしになっていた。

その反面、〝自分の将来〟から目を背け、ただ楽しい毎日に逃げているような気もしていた。このままフリーター生活を続けた先に、なにがあるのだろう。バイト生活が楽しければ楽しいほど、これから自分を待ち受けている未来に対する恐怖感はどんどん膨れ上がっていった。

そんなぼくに追い打ちをかけたのが、近所に住む人たちだった。田舎は狭い世界で、それぞれの家の事情がすぐに知れ渡ってしまう。大学進学を諦めたことも、役者を目指しはじめたことも、そしてそれをまた諦めたことも、すべてが筒抜けになっていた。

大人たちはぼくを見かけるとにこやかに話しかけてくる。でも、じわじわと追い詰められていくような感覚も覚えた。

「大ちゃん、就職は？」

「このままじゃダメだってわかってるもんね？」

「どこか紹介してあげようか？」

それらの言葉に続くのが、母や父に関することだった。

「だって、大ちゃんはお母さんお父さんを支えてあげなきゃいけないもんね」

赤の他人に、どうしてそんなことを言われなければいけないんだろう。このままここにいたら、きっとぼくは一生〝親が障害者である〟という呪縛から逃れられないのだ。だったら、逃げ出すしかないじゃないか。誰もぼくのことを知らない場所まで逃げて初めて、〝ふつう〟の人生を歩めるのかもしれない。

やがてぼくは、東京へ行くことを決心した。極力バイト代を無駄遣いしないようにし、上京資金を貯めた。その間、母にはなにも相談しなかった。

母に打ち明けたのは、ようやく引っ越しの目処（めど）がついたときだった。

〈ぼく、東京に行こうと思ってるんだ〉

引っ越し費用や生活必需品を揃えるためのお金はすでに貯まっている。引っ越し先も決まっていた。三日後には東京に行くことになっている。

それらの事実を淡々と告げると、母は狼狽（うろた）えるような顔をした。

〈いつ決めたの？〉

〈前からずっと考えてたんだよ〉

〈どうしてなにも言ってくれなかったの〉

〈ごめんなさい〉

謝るしかなかった。本当のことなんて、言えるわけがなかった。この町にいたら、ぼくはずっと〝障害者の子ども〟であり、親のために生きる可哀想な子として見られる。いつまで経っても〝ふつう〟ではいられない。だから、ここから逃げ出すんだ。

そんなこと、絶対に言えるわけがない。

〈いつまでもバイトなんてしてられないし、向こうには仕事もいっぱいあるから〉

そんなのただの言い訳だった。でも、こう言えば、母は反対しないことがわかっていた。ぼくは卑怯者だ。

母の目が見られなかった。俯き、膝を見つめる。すると、母がぼくの肩をやさしく叩いた。

〈わかった。頑張りなさいね〉

母は満面の笑みを浮かべていた。でも、目尻からは大粒の涙がこぼれていた。透明な雫が、次から次に頬を濡らしていく。

母をひどく傷つけた、という事実に打ちのめされそうになる。それでも後には引けない。

〈うん。大丈夫だよ〉

そう伝えるので精一杯だった。

それから三日後、必要最低限の荷物だけをカバンに詰めて、東京行きの新幹線に乗り込んだ。「見送りに行く」という母を無理やり制止して、たったひとりきりで地元を離れた。

座席につくと、「この新幹線は東京行きです」というアナウンスが流れた。それを聞きながら、流れていく風景に目をやると、自分でも驚くくらいの涙が溢れてきた。本当は、母の側を離れたくなんてなかった。聴こえない彼女を守ってあげられるのはぼくだけだと思っていたし、大好きだった。いつまでも彼女の隣にいて、支えてあげたいと思っていた。だけど、それ以上に、世間から向けられる〝ふつうではない〟という眼差しの痛みに耐えられなかった。なにも贅沢なんて望んでいない。ただ、周りの人たちと同じように〝ふつう〟に生きたかっただけなのだ。でも、二十年生きてみて、それは叶わない望みなのだと悟った。ぼくらの生い立ちを知っている人たちは、ぼくらがどんなに笑顔でいても憐れみの目を向けてくる。もう限界だった。

何度拭っても、涙がこぼれてしまう。地元を離れる寂しさと、〝ふつうではない〟という呪縛から逃れられた安堵と、母を見捨てた罪悪感。それらが入り混じった汚い涙は、東京駅に到着するまで流れ続けた。

第十八話
携帯電話に残された〝無言の留守電〟

ぼくが引っ越したのは小田急線沿線の静かな住宅街にある、小さなアパートだった。駅から遠い上に築年数も経っていて、狭かったけれど、ここから〝ふつう〟の人生がスタートするのだと思うと、解放感に包まれた。

この街では、誰もぼくのことを知らない。誰もぼくを〝障害者の子ども〟で〝可哀想な子〟だとは思わない。余計な形容詞が付けられることもなく、ようやく好きなように生きられるのだ。

とはいえ、すぐに就職先を決めようとは思わなかった。就職するのが難しいことはわかっていたので、チャンスを待ちつつ、とりあえずギリギリでも構わないから生活できればいい。ぼくは最寄りの駅ビルに入っていたインテリアショップでバイトをすることにした。
　そこは郊外を中心に出店しているチェーン店で、ダイニングテーブルやデスクなどの大型家具の他、キッチンツールや文房具、ベビー用品などの雑貨も取り扱うお店だった。飲食店でのバイト経験はあったものの、販売員をするのは初めてだったため、最初は勝手がわからず叱られてばかりいた。でも、店長も先輩スタッフも、誰も「障害のある親のために頑張りなさい」などとは言わない。ぼくをぼくとして見てくれる。どんなに叱られても、うれしかった。

　働きはじめて半年が経った頃だろうか。携帯電話に実家からの着信履歴が残るようになった。休憩中に携帯電話をチェックすると、ディスプレイに留守電マークが光っていることもある。もしかしたらなにかあったのかもしれない。嫌な予感とともに留守電を聞いてみても、なんのメッセージも残されておらず、ただ無言の状態で切れてしまう。電話をかけてくるとしたら、祖母くらいだろう。訝しく思いながらも、かけ直す。

「もしもし」

「あ、おばあちゃん。電話、なに？」

「あぁ、大ちゃん？　ん、電話って？」

「いや、そっちから着信残ってたんだけど」

「あら、おばあちゃんかけてないけど」

「そんなわけないじゃん！　用がないならかけてこないでよ」

イライラして、つい刺々（とげとげ）しい返答をしてしまう。この頃、祖母の認知症が進んでいることを親族から聞かされていた。きっと祖母は自分で電話をかけたことすら忘れてしまっているのだろう。そうだとしたら心配ではあるものの、どうしても腹が立つ。

ぼくは乱暴に電話を切ると、ため息をついた。

それからも携帯電話にはたびたび着信と留守電が残された。留守電を再生してみても、相変わらずなんのメッセージも残されていない。祖母が電話をかけているシーンを想像すると、うんざりしながら頭を抱えてしまう。

働いているお店では、夏と冬に大々的なセールが行われる。商品入れ替えに伴い、売れ残ったものの在庫処分をするため、大幅に値下げをして販売する。その期間はいつもよりもお客さんが増えるため、比例するように作業量、残業時間も増える。退勤する頃には歩くのも億劫（おっくう）なくらい疲れ切っていることも珍しくなかった。

その日もぐったりしていて、自炊する余力がなかったぼくはコンビニで弁当を買い、帰宅した。早番は十八時半に上がれるものの、残業もあったため家に着いたのは二十時を過ぎていた。

電子レンジで弁当を温めていると、電話が鳴る。ディスプレイには「実家」と表示されている。「またかよ……」と呟き、電話に出てみると祖母だった。

「おばあちゃん？　やっぱり、おばあちゃんがかけてきてたんじゃん！」

「大ちゃん、違うの」

「はぁ？」

「あのね……」

祖母の説明を聞いている間、まるで周囲から音が遠ざかっていくようだった。

携帯電話にしつこく電話をかけてきていた犯人、それは母だった。母は電話のかけ方をよく知らない。番号をプッシュし、ぼくの声が聞けるのではないかと受話器をずっと耳に押し当てていたという。あるとき、「もしもし、もしもし」と繰り返している母を見つけた祖母が問いただしたところ、ぼくに電話をかけていると打ち明けたそうだ。

「大ちゃん、ごめんね。大ちゃんに迷惑かかるから、もうかけちゃダメだよって言っておいたから」

「え……」

言葉にならなかった。母が電話をかけてきたただなんて。

「じゃあね。お仕事頑張ってね」

「おばあちゃん、待って！……お母さん、そこにいる？　ちょっとだけ代わって」

母と電話で話すなんて初めてだ。ちゃんと伝わるかわからない。でも、衝動的にそう言っていた。


「もしもし」


くぐもった発音で、母が電話に出る。

「お母さん、聴こえる？　ぼくだよ、大！　だ、い！」

なるべくはっきりと、大きな声で喋りかける。近所迷惑かもしれないと思ったけれど、そんなことどうでもよかった。

「お母さん、聴こえる？」

何度か呼びかけると、母が応じた。

「あいちゃん、おいごと、あんばってえ」

大ちゃん、お仕事、頑張ってね。母がなんて言ったのか、はっきりわかった。きっとこの声は、ぼくにしか聴き取れないものだと思った。

「ありがとう！　お母さん、ぼく頑張るから！　心配しないで！」

「うん、ああね」

うん、またね。そう言って、母は電話を一方的に切った。ぼくはディスプレイを見つめたまま、動けなかった。

第四章
コーダに出会う

第十九話
お店で出会った聴こえないお客さん

東京で生活するようになって二年が過ぎようとしていた。もうすぐ二十五歳になる。けれど、その日暮らしのような日々に慣れきっていて、就職活動はまったくしていなかった。バイト代は安く、毎月の生活はギリギリだったものの、そんな毎日を変えるだけの気力もなかった。このまま漂うように生きていくのも悪くないのかもしれない、とさえ思っていた。

ひとつのお店で二年近く働いていると、常連さんと顔見知りになる。「こんにちは」「今日もお疲れさま」と、何気ない挨拶を交わせることが少しだけうれしかった。彼らにとってぼくはただの店員でしかない。それ以上でもそれ以下でもないからこそ、ぼくは自分の生い立ちに引け目を感じることもなく、堂々と胸を張って生きることができた。

実家にはほとんど帰らなかった。一年目こそ、両親の誕生日にプレゼントを送るようなことはしていたが、二年目になるとそれすら面倒に感じてやめてしまった。電話を入れることも滅多にない。〝東京で生きるぼく〟というアイデンティティが強くなればなるほど、実家への想いがどんどん色褪(いろあ)せていった。

そんなあるとき、ひとりの女性客が目についた。年齢は五十代に差し掛かるくらいだろうか。ちょうど母と同じくらいに見える。綺麗な格好をしていて、なにも変わったところはない。でも、その女性が気になって仕方なかった。

なにかを探すようにキョロキョロしている女性に、後ろから声をかけてみた。

「なにかお探しですか？」

ぼくの声に反応しない。やっぱり、と思った。

その女性は気づいていないのではなく、聴こえていないのだ。

思い切って、肩を叩いてみる。女性は目を丸くしてこちらを振り返った。

〈どうしたんですか？〉

拙い手話で、あらためて女性に問いかけてみた。

〈あなた、手話ができるの？〉

〈簡単な手話なら少しだけ〉

手話ができることがわかると、女性はとてもうれしそうな顔を見せた。

どうやら友人にプレゼントしたいキッチンツールを探しているらしい。商品名は知らないらしく、手話でその商品の見た目や用途を教えてくれる。ちょうど在庫があったので、案内はスムーズにできた。

その後、プレゼント用に包装して、しっかりした紙袋に入れると、女性が満面の笑みを浮かべた。

〈本当にありがとう。手話ができる店員さんってなかなかいないから、とても助かったわ〉

〈お役に立ててよかったです。また来てくださいね〉

〈もちろん。ひとつだけ訊いてもいい？〉

〈なんですか？〉

〈あなた、どうして手話ができるの？〉

小さな子どもが疑問を口にするように、真っ直ぐな目で問いかけられた。その目線に言外のなにかを感じ取り、一瞬怯んでしまう。

でも、誤魔化したって仕方ないだろう。

〈ぼくの両親、耳が聴こえないんです〉

〈そうだったの！〉

〈だから、自然と覚えたんですけど……やっぱり下手くそだなって思います〉

ぼくの手話を見て、その女性ははっきりと手を動かした。

〈そんなことないよ。あなたのおかげで今日はいい買い物ができたもの。もしも他に

聴こえないお客さんがいたら、助けてあげてね〉

それだけ言うと、女性は紙袋を揺らしながら店を後にした。

手話が役に立った。誰かの助けになった。思いがけない出来事に高揚感を覚えながら、ぼくは彼女の後ろ姿をずっと見ていた。

それ以来、耳の聴こえないお客さんにちょくちょく気づけるようになった。それまであまり意識していなかったけれど、彼らはぼくの日常生活に不意に顔を覗（のぞ）かせる。そのたび、手話で彼らに話しかけた。その反応はいつも一緒で、最初はびっくりしつつも、すぐに柔らかい表情を浮かべうれしそうにしてくれる。そして最後には必ず、「手話を使ってくれてありがとう」と言われるのだ。

これまで、手話を使えることで感謝されたことなんて、一度もなかった。むしろ、手話なんて恥ずかしいものだとさえ思っていた。でも、そうじゃないのかもしれない。ぼくと母をつなぐものでしかなかった手話が、見ず知らずの誰かと心を通わせるための鍵になりうるのだ。それって、想像以上にすごいことなんじゃないか。だとすれば、「手話は恥ずかしい」なんていう思い込みは捨てて、もっと自信を持って使っていきたい。

そんなことを気づかせてくれた女性は、ぼくがお店を辞めるまで毎月遊びに来てくれた。ぼくを見つけると、いつも話しかけてくれる。その内容は他愛のないことばかりだったけれど、彼女と手話で話している間、ぼくはどこかでリラックスしている自分にも気づいていた。日本語での会話が当たり前のことであるのと同様に、手話での会話も、ぼくにとっては当たり前のことなのだ。

そしてぼくのなかに、自然と「もっと手話を勉強したい」という気持ちが生まれていった。

第二十話
聴こえない親に育てられた〝コーダ〟

手話を勉強したい。そう思ったぼくは、書店で手話に関する本を買い漁った。でも、手話は手を動かして表現する言語のため、本に描かれてあるイラストではニュアンスをなかなか汲み取ることができない。そもそも、独学で身につけた手話が正しいのか間違っているのか、判断することすらできない。やはり、どこかで習うべきだろうか。

そう思っていた矢先、友人から「手話サークル」に誘われた。彼は東京でできた友人で、ぼくの生い立ちをすんなり受け入れてくれた人だった。

「ぼくの両親、耳が聴こえないんだ」

初めてそう打ち明けたとき、彼は顔色ひとつ変えず「あ、そうなんだ」とあっさり言った。憐れまれると思っていたぼくは拍子抜けし、彼の態度に信頼感を抱いた。

「あのさ、うちの会社で社会人向けの手話サークルをやってるんだけど、五十嵐、来てみない？」

「手話サークルって、なにするの？」

「聴こえる人も聴こえない人もごちゃまぜで、みんなで手話を勉強するんだ。って言っても、初心者ばっかりだから簡単な手話がメインになるんだけど。五十嵐にとっては意味ないかな？」

聴こえないお客さんとのやりとりから「手話を学びたい」と思うようになったことを、彼には率直に打ち明けていた。だから気を使って誘ってくれたのかもしれない。その気持ちが純粋にうれしかった。

「ううん、行ってみるよ。ちょうど勉強し直したいと思ってたところだったし」

友人に誘われるがまま参加した手話サークルは、平日の夜に開催されるものだった。

初めて訪れたときに集まっていたのは二十人余り。性別や年齢はバラバラで、聴こえる人と聴こえない人の割合も半々くらいだった。

その場を仕切っている女性は手話通訳士の資格を持っているらしい。会がはじまると、流暢（りゅうちょう）な手話を交えながら喋りだした。

「今日は初めて参加される方もいるので、自己紹介をしてもらいましょうか」

その日初めて参加するのは、ぼくだけ。必然的にみんなの視線がぼくに注がれる。少し緊張しつつも立ち上がり、自己紹介をした。ここに集まっているのは手話に興味がある人たちばかり。それなら隠す必要もないだろう。ぼくは手話を交えて挨拶をした。

「五十嵐大と申します。ぼくの両親は耳が聴こえないので、少しだけ手話ができます。でも、あらためて勉強したいと思っているので、よろしくお願いします」

手話、間違えていなかったかなと不安に思ったものの、聴こえない人たちもにこやかにぼくを迎え入れてくれた。どうやら大丈夫だったらしい。ホッと一安心する。

会は終始和やかなムードが漂っていた。その日は、過去形の表現を学ぶ内容で、「昨日は○○を食べました」や「昨日、××に行きました」などと、一人ひとりが覚えたての手話を披露する。なかには微妙な手先の表現に苦労している人もいたけれど、みんな真剣に手話と向き合っている姿がとても好印象だった。

二時間ほどで会は終了した。他の人に合わせてぼくも帰ろうとすると、ひとりの女性に肩を叩かれた。振り返ると、ジャケットを着た小柄な女性が立っていた。彼女の名前はSちゃん。生まれつき耳が聴こえないと言っていた人だ。

〈ちょっといいですか？〉

Sちゃんは手話を使いつつも、口話で喋ろうとする人だった。幼い頃から訓練してきたのかもしれない。発音もハッキリしていてちゃんと聴き取れる。これなら難しい手話を使われたとしても、その内容を理解できる。

〈あ、はい。今日はお疲れさまでした〉

〈お疲れさまでした〉

〈えっと……〉

〈あ、あのね。呼び止めちゃってごめんなさい〉

〈いえ〉

〈あの、五十嵐くんって〝コーダ〟なんだよね？〉

〈コーダ？……なんですか、それ〉

Sちゃんはぼくを指差し、「コーダ」と言った。でも、意味がわからない。コーダってなんだろう。

〈あのね、五十嵐くんみたいに聴こえない親に育てられた、聴こえる子のことを、コーダっていうの。知らなかった？〉

初耳だった。コーダとは「Children of Deaf Adults」の頭文字を取った言葉(CODA)で、「聴こえない親の元で育った、聴こえる子どもたち」の総称らしい。Sちゃんによると、コーダはたくさんいて、複雑なアイデンティティを持っているという。

〈その話、詳しく聞いてもいい?〉
〈もちろん!〉

その後、ぼくはSちゃんとご飯を食べながら、コーダについていろいろ教えてもらった。手話と口話を交えて話すSちゃんをじっと見つめ、ぼくは驚いたりため息をついたり忙しかった。半ば興奮状態だったのかもしれない。うろ覚えで間違いだらけの手話を使うことを恥ずかしいとも思わず、一生懸命に手を動かし、Sちゃんに矢継ぎ早に質問をぶつけた。店内は混雑していたけれど、周囲の人たちの視線なんてまったく気にならなかった。Sちゃんが教えてくれるコーダや〝ろう文化〟について、もっと知りたいという欲求だけがぼくを突き動かしているようだ。

〈アメリカでは、コーダについて研究もされてるんだよ〉

〈どうして？〉

〈コーダにはコーダの困難があるから、だと思う。障害者を支援するのと同じように、コーダへの支援も必要だと考えられてるんだよ〉

Sちゃんの言葉を咀嚼するたび、真っ暗だった心のなかに光が差し込んでいく。

幼い頃から、ずっとひとりぼっちだと思っていた。聴こえない親との関係に悩み、苦しみ、もつれた糸を解そうとして余計にがんじがらめになってしまう。なにが正解なのかわからず、そもそも正解に辿り着くことすら諦めて、手探り状態で歩いてきた。きっと死ぬまでそうなのだろうと思い込んでいた。

誰に話したってわかってもらえない。そんな状況に絶望する瞬間も多々あった。聴こえない両親も、そこに生まれてきたぼくも決して可哀想なんかじゃないのに、誰もがぼくらを見るとき、瞳に憐れみの色を浮かべる。

一方で、聴こえない親とのコミュニケーションに悩んでいたとき、「そんなの大した問題じゃないよ」と励ます人もいた。彼らはきっと、ぼくを勇気づけ、前を向かせるためにそう言ってくれたのだと思う。そのやさしさは理解していても、「だったら、代わってくれよ」と何度もこぼしそうになった。「大した問題じゃない」という言葉の裏側には、「でも、同じ境遇にはなりたくない」という本音が隠れているのではないか。疑心暗鬼になっていた。

結局、聴こえない親を持つ子どもの葛藤なんて、誰にも理解されないのだ。だから、いつからかぼくは、他人に自分のことを理解してもらう努力すら放棄していた。わかってもらわなくたって生きていける。〝無理解〟とぶつかったら我慢して、心を麻痺させて、曖昧に笑ってやり過ごせばいいのだ。そんな生き方を続けていて、気づけば孤独になっていた。

でも、ぼくは決して孤独ではなかったのだ。

衝撃的だった。自分のような生い立ちの人間をカテゴライズする言葉があるなんて、考えたこともなかったからだ。同時に、胸中に不思議な安堵感が広がっていく。この世界には、ぼく以外にも〝コーダ〟と名付けられ、生きる人たちがいる。名前が付けられるということは、その存在が複数いるということだ。そんなの当たり前だと笑われるかもしれない。世のなかにはろう者や難聴者同士の夫婦は大勢いるのだから、そこから生まれた聴こえる子どもたちだってそれなりにいるだろう。振り返ってみれば、小学生の頃に出会ったCさんも、ぼくと同じ境遇だった。つまり、彼女もコーダだったのだ。それに、もしかしたら気づいていないだけで、これまでの人生でコーダとすれ違う瞬間はたくさんあったのかもしれない。

自分自身にコーダと名前が付けられたその日、ぼくは世界が開けていくような感覚を覚えた。この世界には、ぼくと同じコーダがたくさんいて、きっと同じような苦労をしているんだ。そう思うと、まだ会ったこともない、見ず知らずの〝仲間たち〟が、遠くからぼくのことを励ましてくれているような気さえした。

これは後に知ったことだけれど、日本国内には二万二千人のコーダが存在すると推定されるそうだ。これを「少ない」と感じる人もいるかもしれない。でも、ひとりぼっちだと思っていたぼくからすれば、そんな人数の仲間たちがいることはとても心強いことだった。

これまで経験してきた苦しみを多かれ少なかれ理解してくれる人たちが、二万人もいる。その事実はぼくの足元を明るく照らしてくれるようだった。

第二十一話
ろう者難聴者がうたったバースデーソング

手話サークルで出会い、〝コーダ〟という言葉を教えてくれたSちゃん。彼女との出会いはぼくの世界を大きく変えた。Sちゃんの紹介でろう者難聴者の友人が何人もできた。彼らはぼくの生い立ちを知ると、聴こえない世界を共有できる仲間として受け入れてくれた。

コーダとして生まれたぼくは、あくまでも聴こえる人間だ。けれど、両親が生きる聴こえない世界のこともよく知っている。聴こえる世界と聴こえない世界。ふたつの世界を行き来するようにして、ぼくは育った。だからこそ、ぼくはふたつの世界の住人でもあり、そのどちらにも居場所がないとも言えた。

でも、ろう者難聴者の友人たちに受け入れられるたび、初めてコーダとして生まれたことを「いいことなのかもしれない」と感じるようになっていった。

Sちゃんと知り合って、一年ほど経ったときのことだ。二十六歳になったぼくは、転職することを決めた。インテリアショップでのバイトは楽しかったものの、いつまでもこのままではいけない、とも思っていたのだ。

転職活動は容易ではなかった。ぼくには学歴がない。「学歴なんて仕事には関係ない」と思っていたけれど、それは自分の生き方を肯定するための〝思い込み〟のようなもので、社会はそうではなかった。募集要項には「四大卒」と書かれていることがほとんどだった。

それにぼくには、高校を卒業してから約二年のニート期間があった。厳密にはパチンコで日銭を稼いでいたし、目標がなかったわけではない。「役者になりたい」という夢を掲げ、自分なりに模索していた二年間だった。けれど、社会に出てみると、そうした時間がほぼ意味を成さないことを思い知らされた。「高校を卒業してから、なにをしていたんですか？」という質問に対し、正直に答えると、どの面接官も苦笑いを浮かべた。それも仕方のないことだ。

書類選考の時点で落とされ、なんとか面接までこぎ着けても翌日にはお祈りメールが届く。またダメだった。選考に漏れるたび、まるで自分自身が全否定されているようで、視界が暗くなる。それでも新たな道へ一歩踏み出したいという気持ちを抑えることができず、がむしゃらに履歴書を送り続けた。

狙いを定めていたのは、編集者・ライターの世界だった。インテリアショップや手話サークルで聴こえない人たちと触れ合うなかで、〝伝えること〟の大切さを身にしみて実感するようになったぼくのなかに、「文章を書いて生きていきたい」という想いが自然と芽生えていたのだ。

思い返せば、幼い頃に母としていた〝秘密の手紙交換〟も伝えることの大切さ、楽しさを実感する原体験だったのかもしれない。いつか母が自分の文章を読んでくれたらいいな、と思いながら、履歴書を書き、面接に挑んだ。

ようやく就職先が決まったのは、転職活動をはじめて三カ月後のことだった。場所は吉祥寺にある印刷会社。そこで発行している地域情報誌の編集者・ライターとして採用された。

接客業とは異なる世界に足を踏み入れ、〆切に追われる日々をスタートさせた。

『今度の土曜日空いてる？』

新しい日々にようやく慣れてきた頃、Sちゃんからメッセージをもらった。詳しく訊いてみると、聴こえない友人たちで集まってご飯会をするという。初対面の人もいるらしいけれど、なにも心配することはない。人見知りのぼくも、ろう者難聴者とは不思議とすぐに打ち解けられるため、こういった誘いには積極的に参加していた。

『うん、行くよ』

『ありがとう！　楽しみにしてるね！』

約束の日、メッセージに書かれた住所を頼りに神保町へと向かっていた。古書店がたくさんあることで有名な街だけれど、実はカレー屋の激戦区でもあるらしい。そのなかでも美味しいと評判の人気店を予約しているという。手際の良さに感心しながらも、慣れない街並みを早歩きで抜けていった。

辿り着いたお店はレトロな外観が特徴的で、想像以上にこぢんまりとしている。たしかにこの狭さなら予約しておかないとすぐに埋まってしまうだろう。入り口で名前を告げると、奥にある個室に通された。

〈五十嵐くん！〉

ぼくの顔を見て、Sちゃんがすぐに反応する。合わせるように、その場にいた何人かも揃ってこちらに目線を向けた。補聴器をつけている人もいる。

はじめましての挨拶をしている間にも、時間差で何人かがやって来る。結局、その場に来たのはぼくやSちゃんを含めて八人だった。ぼく以外はみんな耳が聴こえない。

ぼくらのテーブルには実に穏やかな時間が流れていた。運ばれてきたカレーを見ては誰もが顔をほころばせ、トッピングをちょっとずつ交換しながらゆっくり味わった。昼間だったけれど、それぞれ一杯ずつお酒も注文し、お喋りに興じた。

スパイスの匂いが染み付くのではないかと思うくらいの時間を過ごすと、ひとりの男性が席を立ち、なにやら店員に合図している。会計をお願いしているのだろうか。すると彼は店員と一緒に戻ってきた。その手にはバースデーケーキがあった。

それを見て、一斉にみんなが「誕生日おめでとう！」と手を動かす。どうやらひとりのメンバーのサプライズバースデーが目的だったようだ。ぼくも驚きつつ、みんなに合わせてお祝いのメッセージを贈った。

そのときだった。ケーキを運んできた男性が「ハッピーバースデートゥーユー」をうたいはじめた。

「あっぴーあーすでぃうーゆー」

彼ははっきり発音できない。歌詞は不明瞭だし、音程だってズレている。

でも、なんて温かい歌なんだろう、と思った。こんなに心がこもっていて、愛情に満ちた歌は聞いたことがない。ただし、店員に聞こえたら、どう思われるだろうか……。その心配は杞憂だった。

すぐ横でぼくらの様子を見ていた店員は、とてもやさしい目をしていた。それどころか、軽く手拍子まで添えてくれている。この場には、聴こえない彼らのことを差別する人がひとりもいない。聴覚障害者が口ずさむ、音程のズレたバースデーソングを笑う人がひとりもいない。

うたい終わると、祝われたメンバーがケーキのロウソクを吹き消す。すると、みんなが両手を上にあげ、ヒラヒラさせた。「拍手」を表現する手話だ。ぼくもそれに倣って、両手をヒラヒラさせる。

その瞬間、Sちゃんと目が合った。

泣きそうになっていることに気づかれたくなかったぼくは、慌てて目をそらし俯いた。テーブルにはいつまでも揺れる、八人の手の影だけが映っていた。

第二十二話　東日本大震災が母を襲った

吉祥寺の会社で編集者・ライターとして働きだして半年が過ぎた頃だった。祖父が危篤になった、という連絡が入った。元ヤクザで乱暴者だった祖父に対して、あまりいい感情がない。東京に出てきてからは、ほとんど連絡を取っていなかった。自分の人生には〝いないもの〟として扱っていたとも思う。

それでも、身内としては無視できない。久しぶりに帰省すると、祖父はそのまま亡くなり、葬儀をあげることになった。事情がありぼくが喪主を務めることになり、右も左もわからないままどうにか祖父を見送ることができた。そのときあらためて感じたのは、家族のややこしさだ。なるべく穏やかに波風を立てず、大きな問題を起こさず生きていきたいのに、ぼくの人生ではそれが叶わないのかもしれない。その苛立ちは消えることがなく、残り火となって心の隅っこで燻(くすぶ)り続けていた。

東京に戻ると、それまで以上に仕事に没頭するようになった。祖父への怒りと哀しみと諦めのような気持ちがないまぜとなり、何度も何度も波のように押し寄せてくる。祖父を亡くしたことで、実家は両親と認知症の祖母の三人だけが暮らすようになった。晩年は衰弱していたものの、聴こえる祖父がいなくなってしまったことが不安の影を落とす。これから先、母はなにか困難にぶつからないだろうか。でも、考えても仕方がないことだ。離れて暮らすぼくにできることなんて、ほとんどない。母を心配する気持ちが膨らみそうになるたび、予定を詰め込み、忙しさで心を上書きしていった。

それは、祖父の死から半年ほどが過ぎた、二〇一一年三月十一日のことだった。東日本大震災が発生した。

ちょうどデスクで原稿を書いているときのことだった。それまでに経験したことがないような揺れ。会社が入っていたのはいまにも潰れそうなオンボロビルだったので、上司や先輩たちに続いて外に飛び出した。電柱がグニャグニャとしなり、大きな看板は落っこちてくるのではないかというほど音を立てている。

「もしかして、東京直下型の地震じゃない!?」

社員の誰かが言った。その言葉に恐怖感が煽(あお)られる。このまま死んでしまうのだろうか。

次第に揺れが収まると、社内でラジオを聞いた。そこで青ざめた。震源地は東京ではなく、東北。ぼくの生まれ故郷だ。しかも、大きな津波が来る恐れもあるという。

ぼくの家族が住むのは、海辺の町。終わった、と思った。避難警報もラジオも聴こえない両親が、適切な場所に避難できるとは思えない。

彼らは、このまま死んでしまうだろう。

あまりの絶望感に、立っていられない。頭のなかが最悪のシーンで埋め尽くされ、腰が砕けたように力が入らない。それでもぼくは父の携帯電話に電話をかけてみた。もちろん、つながらない。一縷(いちる)の望みを託し、メールを送る。

『お父さん、大丈夫？　お母さんと一緒に逃げられた？　いま、どこにいるの？』

返信はなかった。

仕事をしている場合ではなかったので、その日は早々に切り上げることになった。同僚たちは荷物をまとめ、そそくさと出て行く。

電車は完全にストップしていて、バス停には長蛇の列ができていた。タクシーだって捕まらない。諦めたぼくは、吉祥寺から自宅までの道のりを八時間かけて歩いた。

その間、後悔ばかりがよぎった。

どうしてぼくは、両親の側にいなかったのだろう。どうしてぼくは、聴こえない彼らを支えてあげなかったのだろう。どうしてぼくは、彼らを見捨てたのだろう。

このまま両親が死んでしまったとしたら、ぼくが殺したも同然だ。

なんとか帰宅してテレビをつけると、東北の街が真っ黒い津波に呑まれていく様子が延々と流れていた。暴力的に街を破壊していく波のなかに、両親がいるかもしれない。想像すると吐き気がこみ上げてくる。

携帯電話を握りしめ、一睡もせずにニュースをぼんやりと見つめていた。

圧倒的な絶望感と後悔、そして罪悪感。最悪の気分で朝を迎え、その日は一日中、父に電話をかけ続けた。聞こえてくるのは、回線が混雑しているという機械的なアナウンスのみ。やっぱりダメなのか……。

ところが、その晩、メールが届いた。

『こっちは大丈夫。みんなで避難してるよ。犬は大丈夫か？』

短いメールを何度も何度も読み返す。とりあえずは大丈夫らしい。でも、母はどうしているんだろう。不安でたまらないはずだ。

回線が混雑している影響か、メールの送信もスムーズにいかない。何度か試した後、一通送ることができた。

『お父さん、お母さんはどうしてるの？』

祈るような気持ちで携帯電話を握りしめ、いまかいまかと父からの返信を待つ。すると、あらためてメールが届いた。

『お母さんも元気だよ。心配いらないから』

その瞬間、無性に母と話がしたいと思った。完全に伝わらなくたっていい。意思疎通がうまくできなくたっていい。一言でいいから、母の〝声〟を聞くことさえできれば、安心できる。

そう思い、父の携帯電話にかけてみる。しかし、やはりつながらない。無駄と知りつつ、今度は実家の固定電話にかけてみる。けれど、それもダメだった。ぼくはそれを何度も繰り返し、最終的につながらない携帯電話を放り投げた。こんなもの持っていたって、母とつながることなんてできない。いまのぼくにできることなんて、なにもないのだ。

ただでさえ聴こえないことで不便さを感じる瞬間が多い上、これから数カ月、いやもっとかもしれないけれど、両親はより大きな不安と隣り合わせの毎日を送ることになるのだろう。そして、そこにぼくはいない。

ぼくはなんて役立たずなんだろう。悔しさとともに、夜が更けていった。

第二十三話
父が死んでしまうかもしれない

震災が発生してから、毎日あらゆる情報を集めては、父にメールを送り続けた。健康状態も教えてもらい、万が一のときにはどんな手を使ってでも帰るつもりだった。幸いなことに、彼らは逞しくも生き延びてくれた。

二カ月後には東北新幹線が復旧したので、真っ先に帰省した。目に飛び込んできたのは、変わり果てた故郷の姿だった。実家の最寄り駅には、震災の爪痕が色濃く残っていた。駅前には瓦礫が山のように積まれていて、泥を被って廃車になったタクシーが並んでいる。少し遠くに見える海が、恐怖の対象として目に映った。

けれど、不幸中の幸いか、実家は無事だった。外壁にヒビが入っていたものの、生活する上で支障はなさそうだ。帰省したぼくを、両親は笑顔で迎えてくれた。

最初に、ぼくは彼らに謝罪をした。震災が起きたとき、なにもできなかったこと、守ってあげられなかったことについていくら謝っても気が済まない。でも、母はぼくに対し、「謝る必要なんてないよ」と言った。それから、震災当時、どのように避難したのかを教えてくれた。

体験したことがないような大きな揺れが発生し、母は慌てて外に飛び出した。父はまだ勤務先にいる。母は認知症の祖母の手を引き、どこかへ逃げようとした。でも、耳から情報を得ることができない母には、適切な判断がつかない。そんなとき、母を助けてくれたのは近所に住むTさんだった。彼女は母と祖母を連れて、高台に避難してくれたそうだ。Tさんは手話ができないものの、それでも身振り手振りで地震について母に説明した。そこで初めて、母はなにが起きたのか理解したという。

数時間後には父とも合流できた。Tさんが、帰宅するであろう父に向けて、玄関に手紙を貼り付けていてくれたのだ。「〇〇さんの自宅に、奥さんとおばあさんと一緒に避難しています」。それを読んだ父は、無事に母の元に駆けつけることができた。

母の話を聞き、ぼくの胸はTさんへの感謝で一杯になった。同時に、自分自身の不甲斐(ふがい)なさも嚙みしめる。もしもTさんがいなかったら、助けてくれなかったら、母はどうなっていたんだろう。そんなときこそ、ぼくが側にいるべきなのに。やはり、ぼくは東京にいるべきではないのかもしれない。そろそろ地元に戻って、母を支えてあげた方がいいのかもしれない。

想像以上にぼくは暗い顔をしていたのだろう。そこから母はなにかを読み取ったのだ。

〈大丈夫だよ〉

突然だった。なにも言っていないのに、母はぼくの不安を打ち消すように笑みを浮かべ、繰り返した。

〈心配いらないから、大丈夫。向こうで頑張りなさい。応援してるんだから〉

その言葉に甘えるようにして、東京に舞い戻った。やっと手にした〝書く〟という仕事から離れたくなかった。まだまだやらなきゃいけないことがあるし、なにも成し遂げていない。

それに、正直なことを言えば、この期に及んでまだ「ふつうでいたい」とも願っていた。親の障害を理由に、自分自身の人生が左右されてしまうなんて耐えられなかった。「心配だから側にいたい」という気持ちと、「お願いだから、ぼくの人生を振り回さないでほしい」という身勝手さが入り混じり、一体ぼくはなにがしたいのかわからなくなる。誰にも相談できないまま、なんとなく元の生活に戻っていった。

けれど、震災から二年が過ぎた二〇一三年、母への気持ちを大きく変える出来事が起きた。春のある日、父が倒れたのだ。くも膜下出血だった。

その頃、物書きとしてステップアップするために編集プロダクションに転職していた。吉祥寺で飲食店を紹介する情報誌を作っていた頃とは異なり、芸能人のインタビュー、トレンド情報の紹介、ちょっとアンダーグラウンドなネタ記事など、携わる業務は多岐にわたった。ますます忙しくなっていたけれど、毎日、充実していた。父が倒れたという連絡を受けたのは、事務所で原稿を書いているときだった。

電話口の向こうで従妹（いとこ）が「これから緊急手術するの！　大ちゃん、急いで帰ってきて！」と悲鳴にも似た声をあげている。

父が、死んでしまうかもしれない。

急いで荷物をまとめ、東北新幹線に飛び乗った。仙台に着くまでは居ても立ってもいられず、父が死ぬかもしれないという最悪の想像とずっと闘っていた。大丈夫、大丈夫と自分に言い聞かせる。でも、もしも大丈夫じゃなかったら？

自問自答するたび、動揺する。もしも父がいなくなってしまったら、母と祖母のふたりで暮らすことになる。さすがにそうなれば、地元に帰らなければいけないだろう。物書きの仕事だって、諦めることになるかもしれない。そうなったとき、ぼくは現実を受け止められるのだろうか。わからない。考えたくない。それでも、考えなければいけない。このとき初めて、〝聴こえない親の老後〟という問題が、現実のものとして目の前に立ちはだかるような感覚を覚えた。ずっと目を背けてきた問題と真正面から向き合うときがやって来たのだ。

父の無事を祈りながらも、自分の将来を思っては心が塞いでいくのを感じていた。

第二十四話
子どもを作ることを反対されていた両親

仙台駅に到着したのは二十二時過ぎだった。急ぎ足で駅構内を抜け、そのままタクシープールへ向かう。タクシーに乗り込むと、父が運ばれた病院名を告げた。運転手はなにかを察したように無言で発車させた。

病院に着くと、親族がぼくを迎えてくれた。

「きっと大丈夫だからね」

みな、口々にそう言う。そうだと信じたい。でも、ダメかもしれない。希望と絶望がこんなにも隣り合わせにあるだなんて、知らなかった。

待合スペースでは、他の親族に囲まれ、母がぽつんと座っていた。不安を両肩に背負い、いつもよりも縮こまって見える。ぼくが手を振るのに気づくと、母は立ち上がった。眉尻が下がり、いまにも泣き出しそうな表情を浮かべている。

〈お父さん、倒れちゃったの〉

ぼくは母の肩を抱き、ゆっくり座らせた。大丈夫、お父さんは助かるよ。ゆっくり伝え、母の手を握りしめる。母はそれを弱々しく握り返す。母の手はひどく冷たくて、ぼくはもう片方の手を重ねた。ぼくを見つめる母の瞳は不安に揺れていて、それ以上心細くさせないよう、泣きそうになるのを堪えて見つめ返した。

手術が終わったのは深夜一時過ぎだった。医師や看護師の足音とともに、ストレッチャーに乗った父が運ばれてきた。麻酔が効いているらしく、父はぐっすり眠っている。

一斉に立ち上がったぼくらに対し、医師はやさしく微笑み「成功しましたよ。心配いりません」と言った。途端に誰もが安堵のため息をついた。
でも、横を見ると、母は事情を呑み込めていない様子だった。当然だ。医師がいまなんと言ったのか、彼女の耳には届いていない。
ぼくは母に向き直ると、ゆっくりと手を動かした。

〈お父さん、大丈夫だって。助かったって〉

その瞬間、母が大きな嗚咽を漏らしはじめた。言葉にならない言葉で「よかった」「ありがとう」と何度も繰り返し、肩を震わせている。そんな母を、みんなが静かに見つめていた。ぼくは隣で母の背中をさすり、彼女が一日抱えていた孤独を思った。

手術が無事に成功し、父の入院生活がスタートすると、母は毎日のようにお見舞いに通いはじめた。洗いたての着替えや父の好物を詰め込みパンパンに膨らんだバッグを持ち、病院まで足を運んだ。初めこそ母に付き添ってぼくもお見舞いに行ったが、父は手術後とは思えないくらい元気で、いつだって「また来たのか？」とケロッとしていた。

それでも足繁く病院に通う母に、「毎日行かなくたって大丈夫だと思うよ」と言うと、彼女は笑いながら手を動かした。

〈お父さん、寂しがるでしょ〉

寂しいのはどっちなんだろう、と思ったけれど、無粋なので訊かないでおいた。なにより、手話で楽しそうに会話しているふたりを見ていると、胸のあたりが温かくなっていった。想像以上にふたりは愛情で結ばれていて、文字通り、生命に関わる困難を乗り越えたのだ。その感動を分かち合うようにお喋りする父と母のことを邪魔する必要なんてないだろう。

医師の説明によれば、父には後遺症の心配もないらしい。順調にいけば、退院も間近だ。

とはいえ、なにが起こるかはわからない。万が一の可能性も考え、父が退院するまでは実家で生活することにした。お見舞いで毎日家を空ける母の代わりに家事をしたり、祖母の相手をしたりして、少しでも母のことをサポートしてあげようとも思っていた。

こうして祖母とふたりの時間を過ごすのは久しぶりだった。足腰が弱ってしまい、頻繁に外出できなくなった祖母は、いつも時間を持て余しているように見える。必然的に、そんな祖母とお喋りをする時間が増えていった。

父が入院して二週間が経った頃だった。唐突に祖母が、父と母の昔話を喋りだした。

「大ちゃんのお父さんとお母さん、若い頃、駆け落ちしたのよ」

初耳だった。物心ついた頃には祖父母と一緒に暮らしていて、いつも笑っている母にそんな過去があったなんて。本人が不在のなか、申し訳ないとも思ったけれど、好奇心を抑えられなかった。

「なんで駆け落ちしたの？」

祖母の話によれば、母が父と駆け落ちした最大の理由は〝障害者への無理解〟だった。ろう学校で出会い、自然と付き合いはじめたふたりは、そのまま結婚を意識するようになった。けれど、周囲はそれを反対したという。障害者同士で結婚して、まともに生きられるわけがない。そんな思い込みにより、ふたりは仲を引き裂かれそうになった。その結果、母は父とふたりで東京まで逃げたという。誰からも反対されない場所で、ふたりで生きていこうとしたのだ。

そんな決意を知り、ふたりの結婚は認められることになった。ただし、そこにひとつの条件が突きつけられる。それは「子どもを作らないこと」だった。子どもに聴覚障害が遺伝したら、ますます生活が大変になる。偏見による歪んだ決めつけだった。それでも母は条件を呑み、父との結婚生活をスタートさせた。

ただし、頭では理解していても、「子どもが欲しい」という気持ちは抑えられなかった。他人の子どもを抱いているときの母の寂しそうな顔を見て、祖母は「ひとりだけなら」と子どもを作ることを許したそうだ。そこで生まれたのが、ぼくだった。

祖母の話を聞き、体がバラバラになるような衝撃を受けた。祖母に対し、怒りも湧く。どうしてそんなひどいことを言ったのか。でも、障害者への理解が進んでいなかった当時のことを考えると、祖母も苦しんだのかもしれない。責めることなんてできない。なにより、ぼくがこれまで母に対してしてきたことを思うと、同罪だ。障害者への差別や偏見を糾弾（きゅうだん）する権利が、ぼくにはない。

同時に、母がどれだけぼくを大切に思ってくれているのかが想像できた。家族を持つことをずっと反対されてきたなかで、ようやく生まれた〝新しい家族〟。それがぼくだ。振り返ってみれば、いつだって母はぼくの味方だった。ぼくが母の障害を責めても、彼女は決して怒らなかった。「障害者の子どもになんてなりたくなかった」「親が障害者だなんて恥ずかしい」と乱暴な言葉をぶつけても、母は「ごめんね」と謝るだけだった。本当は怒ってもよかったのに、否定的な言葉ばかり吐き出すぼくのことを、彼女は愛情でやさしく包んで肯定してくれていたのだ。

それはどんなにつらいことだっただろう。

手術から三週間後、父が退院した。「すぐに仕事にも復帰できますよ」と医師からお墨付きをもらった父は、入院前よりも元気そうだった。そんな父を見つめる母は、誰よりもうれしそうな顔をしていた。

父が退院してすぐにぼくは東京に戻ることにした。荷物をまとめ家を出ようとすると、父が仙台駅まで送ってくれるという。車に揺られ、母と父と三人で駅まで向かった。

新幹線のチケットを購入し、改札の前で挨拶を交わす。「体に気をつけてね」「なにかあったらすぐに連絡すること」とうるさく言うぼくを見て、父は「大丈夫だよ」と笑っていた。隣で母も微笑んでいる。

改札を抜け、振り返ると、母と父がこちらを見ていた。大きく手を振ると、ふたりは笑顔を向けてくれた。うん、大丈夫。ふたりの姿を見て安心したぼくは、カバンを手にホームへと駆け上がった。

これからは、もっと母と父に会いに帰ろう。ふたりと過ごす時間を、もっともっと作ろう。離れて暮らしている分、一緒に過ごす時間を大切にするのだ。

新幹線を待ちながら、そんなことを思った。

第五章
母との関係をやり直す

第二十五話　祖母の死と、母が抱く哀しみ

父が倒れてしまったことを機に、頻繁に帰省するようになった。この頃になると、幼い頃に母に対して抱いていたわだかまりはすっかりなくなっていた。母の耳が聴こえないことに対するネガティブな気持ちは消え失せ、「自分にはなにができるのか」ばかりを考えていた。

とはいえ、仕事を辞め、地元に引き返すことも難しい。学歴も職歴もなかったぼくがようやく手に入れた物書きという仕事。それを手放してしまったら、いよいよ職に困るだろう。どうにかいまの仕事を維持しつつ、それでも母に寄り添いたい。そうして見つけ出した答えが、〝頻繁に帰省すること〟だった。相変わらず仕事は忙しかったけれど、パソコンさえあればどこにいたって原稿が書ける。うまく仕事を整理し、

数カ月に一度は帰る。どうしても都合がつかなかったとしても半年に一度は母に会いに行く。それまで、一年に一度帰省すればマシな方だったことを考えれば、劇的な変化だったと思う。しょっちゅう顔を見せに帰ってくるぼくを見て、母は「暇なの？」と心配していたけれど、どこかうれしそうだった。その笑顔が見られるだけで、ぼくは満足していた。

父が倒れてから二年後の二〇一五年、祖母が亡くなった。

仕事中、携帯電話が鳴った。出てみると伯母からで、彼女は「大ちゃん、おばあちゃんとお話ししたい？」と言った。そのひとことで、すべてを察した。祖母が危ないのだろう。

帰省するたび、祖母の認知症がひどくなっていることはわかっていた。話しかけても、ぼくのことをうまく認識できないことも珍しくなかった。数年前に亡くなった弟と勘違いして、「いままでどこに行ってたの？」と狼狽えることもあった。訂正するのも面倒で、ぼくは祖母の話を適当に流すようになっていた。
そんな祖母がいよいよ危ないという。

最後に会ったのはいつだっただろうか。記憶を掘り起こしてみる。半年前、一年は経っていなかったと思う。祖母は足腰が弱っていて、自由に歩きまわることができなくなっていた。それでも話はできるし、ご飯だって食べていた。死が近づいているだなんて考えもしなかった。それなのに。

実家に到着すると、祖母は介護用ベッドに寝たきりになっていた。意識が混濁しているのか、話しかけても明確な反応が返ってこない。ぼくが仕事にかまけてちょっと目を離していたすきに、いつの間にか祖母はこんなに弱りきっていたのだ。
思わず母を見ると、彼女は「仕方ないのよ」と言った。祖母がこんなことになっているなんて、もっと早く教えてくれればよかったのに。喉元まで出かかった言葉を呑み込み、ぼくにそんなことを言う権利はないことを思った。

ずっと寝たきりだった祖母は床ずれがひどく、傷口から異臭が漂っている。なにかが腐ったようなにおい。正直、鼻に手を当てずにはいられない。けれど、母はそんな祖母の髪を撫で、水分を含ませた脱脂綿を口元に寄せる。ぼくは母と祖母を見下ろすように立ち尽くすばかりだった。

結局、祖母が息を引き取ったのは、ぼくが東京に戻った直後だった。危篤の知らせを受け、五日滞在したものの、仕事が気になって一時的に東京に戻っている間に、祖母はこの世を去った。最期の瞬間を見せなかったのは、祖母なりの意地だろうか。

祖母が亡くなったと連絡をもらい、とんぼ返りで実家に向かった。

祖父の葬儀に続き、今回もぼくが喪主を務めた。二度目の喪主だったものの、やはり慣れることはない。ただ、祖父のときとは異なり、なるべく毅然と過ごすように意識した。想像以上に母が動揺していたため、余計な心配はかけたくなかったのだ。

葬儀と火葬が済んだ日の夜、母とふたりきりで話す機会があった。憔悴（しょうすい）しきっている様子の母に、労うつもりで声をかけた。

伯母たちからの話で、祖母の介護がとても大変だったと知っていた。寝たきりになる前の祖母は深夜徘徊もするようになり、心配した母は祖母と自身とを紐で結び、隣で寝ていたという。そこまで献身的になっても、ときにはわけのわからないことで怒り狂った祖母から罵声を浴びせられることもあった。それでも母は、祖母の隣にいることを選んだ。

〈お母さん、お疲れさま。大変だったと思うけど、これからは少しのんびりしてね〉

すると、母はぼくを真っ直ぐ見て、首を振った。

〈大変なんかじゃなかったよ。おばあちゃんと最後まで一緒にいられて、楽しかったの〉

〈楽しかった……?〉

〈ずっとおばあちゃんに迷惑をかけてきたから、最後に過ごせた時間は宝物だよ。で

も、叶うなら、もっと側にいたかった。だって、たったひとりの〝お母さん〟なんだもん〉

そう言うと、母はそのまま泣き出してしまった。どんなに介護に疲れることがあったとしても、祖母と過ごす時間を嫌だと思ったことはなかったという。たったひとりの母親との最後の時間。それを母は誰よりも大切に思い、残された時間を慈しむように過ごしてきた。そこにあったのは、「障害のある自分を育ててくれた」という、祖母に対する感謝の気持ちと恩返しにも似た愛情だったのかもしれない。

そんな母を見て、こんなに愛情を注いでも、故人に対して後悔ばかりが残るのだと思った。

もしも、いま母を亡くしてしまったら、後悔しないだろうか。ふと、そんな疑問が頭をもたげる。

きっとぼくは、死にたいくらいの後悔に苛まれるに違いない。母にしてあげていないことが、たくさんある。これまで受け取ってきた愛情を、なにひとつ返せていない。

だとすれば、母に対し、なにをしたらいいんだろう。なにが恩返しになるんだろう。

祖母との思い出を語りながら、いつまでも泣いている母を前にして、彼女を「守ってあげたい」と思った。困ったときにちゃんと手を差し伸べて、惜しみない愛情を注いで、幸せな人生だったと感じてもらいたい。そのためにできることがあるはずだ。

第二十六話
聴こえなくても〝できること〟とは

祖母が亡くなり、母が父とふたりきりで暮らすようになった。そうなると、実家には〝聴こえる人〟がひとりもいないことになる。それが心配だったぼくは、なにかあったときにすぐ駆けつけられるよう、フリーランスのライターになった。会社に属していなければ、自分の責任で自由に動ける。それは安定した生活と引き換えだったけれど、いつだって母の側にいられる身軽さを選んだ。

会社に所属する働き方をやめ、フットワークが軽くなったぼくのことを知り、Sちゃんが連絡をくれた。聴こえない友人たちと飲み会をするという。二つ返事で参加を決めた。

場所は新宿にある居酒屋だった。その場にいた聴者はぼくひとり。他のメンバーはみんな聴こえない人たちだ。こうして集まるのは久しぶりだったこともあり、彼らにできるだけ楽しい時間を過ごしてもらいたいと思っていた。

店員から料理の説明を受けるときは一旦ぼくがそれを聞き、彼らに説明する。飲み物をお代わりするときは率先して店員を呼び、会計時もまとめて行った。聴こえる店員とのやりとりの一切を、ぼくが引き受けたのだ。それがこの場で唯一聴こえるぼくの役割だと思っていた。

でも、「してあげている」なんていうつもりはなかった。聴こえないことが理由で彼らがなにかにつまずいてしまい、せっかくの楽しい時間に、少しでも嫌な気持ちになる瞬間が生まれるのを避けたかっただけなのだ。

すると、帰り際にSちゃんに呼び止められた。

〈わたしたちの代わりにいろいろやってくれて、今日はありがとう〉

よかった。楽しんでくれたんだ。ぼくは安易にそう思っていた。けれど、Sちゃんの表情は曇っている。

少し待っていると、彼女は言いにくそうにしながら手話を重ねた。

〈でもね……、わたしたちから〝できること〟を取り上げないでほしいの〉

たとえば、飲み物や料理を注文すること。うまく発声ができなくても、メニュー表を指差せば伝わる。店員を呼びたければ手をあげればいいし、料理の説明が理解できなかったら、ゆっくり話してもらったり紙に書いてもらったりするなどお願いすればいい。そもそも、自分たちがろう者であることを開示すれば、お店側だって対応を考えてくれるかもしれない。それくらい、自分たちにだってできる。

そんなことを一つひとつ、Sちゃんは苦しそうに打ち明けてくれた。

ぼくが良かれと思ってしていたことが、彼らを傷つけていた。そんなことにまったく気づいていなかった自分は、なんて愚かなのだろう。

同時に浮かんだのは、母の顔だった。高校生時代、母がパートに出たいと言ったとき、ぼくはそれを全否定した。そのときは、母を守っているつもりだった。聴こえる世界に出て傷つくことがないようにと、彼女のことを聴こえない世界に閉じ込めていたのだ。むしろ、いまだにその意識はある。でも、それがどんなに残酷なことなのか、Sちゃんに指摘されたことによって初めて気づくことができた。

その数カ月後、再びSちゃんから連絡をもらった。「一泊二日で関西へ遊びに行こう」という旅行へのお誘いだった。すぐに賛同し、宿泊先を探そうとした。けれど、ふとSちゃんの言葉がよみがえる。

〈わたしたちから〝できること〟を取り上げないでほしい〉

Sちゃんはぼくに、耳の聴こえない人が〝なにもできない人〟とイコールではないことを教えてくれた。彼らは聴こえないだけで、どんなことだってできる人たちだ。

思い切ってぼくは、Sちゃんにメッセージを送った。

『旅行の手配、お願いしてもいい？』

ぼくのお願いを、Sちゃんは喜んできいてくれた。

出発の日、ぼくらは東京駅で待ち合わせた。新幹線に乗り込むと、Sちゃんが〝旅のしおり〟のようなものを作ってきていた。そこには一泊二日の旅の予定がびっしり書き込んである。

驚くぼくを見て、Sちゃんはうれしそうに笑った。

〈わざわざ作ってきたの？〉

〈五十嵐くんは適当なところがあるから、わたしがしっかりしないとね〉

Sちゃんの言葉にぐうの音も出ない。

初日は奈良にある有名な観光スポットを回った。奈良公園で鹿に追いかけられるぼくを見て、Sちゃんは声をあげて笑った。夜ご飯を食べたのは、地元では知る人ぞ知る小料理屋。こぢんまりとした外観で入れるか不安だったけれど、なんとしっかり予約までしてくれていた。テーブルに並ぶ料理はどれも美味しくて、ついつい飲みすぎてしまう。

Sちゃんが選んだホテルはとても綺麗なところで、案内された部屋は広々としていた。束の間の休息、という言葉がぴったりだ。ぼくらは部屋でも乾杯をし、それぞれに寝床に就いた。

翌日、Sちゃんに揺さぶられ目を覚ました。携帯電話を見ると、予定していた時間を三十分も過ぎている。無意識でアラームを止めていたらしい。重い瞼(まぶた)をこすると、すっかり支度を終えたSちゃんが眉間に皺を寄せていた。

〈遅いよ〉

〈ごめん……寝過ごしちゃった〉

〈早く準備して、行こう〉

ふと疑問が湧き、着替える前にSちゃんに訊いてみた。

〈あのさ、聴こえない人たちって、どうやって目覚まし時計をかけるの？〉

〈いまさらそんなこと気になるの？〉

そう言いながら、Sちゃんは得意げに腕時計のようなものを見せてくれた。どうやらそれは指定の時間になると振動するらしく、聴こえない人たちはそれを身に着けて寝るという。それがあれば音に頼らなくても起きられる。なるほど、いまは便利なものがあるものだ。

それは最近になって登場したものだろう。少なくとも、母は持っていなかった。けれど、母は毎朝誰よりも早く目を覚まし、朝ご飯を準備し、ぼくを起こしてくれた。一体どうしていたんだろう。きっと、〝家族のため〟という責任感だけが、彼女を支えていたのではないか。それはすごいことだ。決してぼくには真似できない。まだ覚醒しきっていない頭でぼんやり考えていると、Sちゃんに「早くして！」と布団を剝がされた。

二人旅はSちゃんのおかげで本当に楽しかった。元来ものぐさで計画を立てるのが苦手なぼくが彼女の代わりに仕切っていたら、きっと散々な旅だったに違いない。

楽しい時間はあっという間に過ぎた。東京駅での別れ際、ぼくはSちゃんに言った。

〈Sちゃんのおかげで、とっても楽しかった。ありがとう〉

するとSちゃんは得意げに笑う。

〈わたし、こういうの得意なの。またどこかに行くときは、任せてね〉

ぼくらは手を振り合い、それぞれの帰路に就く。

雑踏のなかでなんとなく後ろを振り返ると、Sちゃんは自分の両足でしっかり歩いていた。

その姿が母と重なる。母に対するわだかまりが解け、ぼくは彼女を「守ってあげたい」と思うようになっていた。でも、そこにはまだ、聴こえないことに対する偏見が残っていないだろうか。「なにもできない」と思っているからこそ、「守ってあげたい」と思っているのではないだろうか。じゃあ、本当の意味で母のためになることはなにか。

颯爽（さっそう）と歩いていくSちゃんを見つめながら、ぼくは〝対等〟の意味についてずっと考えていた。

第二十七話
コーダの野球選手に教わった、親子の愛情

母を「守ってあげたい」と思うことは、もしかしたら間違いなのかもしれない。聴こえない親と聴こえる子どもにおける、理想的な関係とはどんなものなのだろう。帰省して母と笑い合っていても、時折、自問する。このままで本当にいいのか。

そんななか、コーダがニュースに取り上げられているのを知った。二〇一七年夏の甲子園に出場した、松谷尚斗(まつたになおと)選手。彼の父親はろう者で、障害が理由で思うように野球ができなかったという。その夢を受け継いだ松谷選手は、甲子園出場という形で見事に叶えてみせた。それを伝える記事のタイトルに並ぶ「聴覚障害の父の夢、甲子園で」という文字を目にした瞬間、話を聞いてみたいと思った。記事にできるかどうかはわからない。そもそもコーダについて掲載させてくれるところなんて、ないと思っ

ていた。でも、松谷選手がどんな想いを抱きここまで来たのか、その歩みを知ることが、いまのぼくには必要だと感じたのだ。

松谷選手が在籍する高校に連絡を入れると、なんと母親につないでくれるという。そして交渉した結果、松谷選手一家は、ぼくの申し出を快く受けてくれた。

二〇一七年十月、新幹線に乗り、松谷選手の自宅がある和歌山県へと向かった。

自宅に到着すると、松谷選手と両親が出迎えてくれた。彼らを前にして、ただ話を聞きたい一心で取材を申し込み、勢いでやって来てしまったことに、急に不安を覚えた。でも、「遠いところからわざわざありがとうございます」と温かく迎え入れられ、胸を撫で下ろした。

玄関にはユニフォーム姿の松谷選手と、その隣で豪快に笑っている父親の写真がたくさん飾られている。二人三脚で夢を叶えた。それだけでふたりの関係がわかるようだった。

松谷選手の母親は聴者だった。手話通訳士の資格を持ち、県内で聴覚障害者をサポートしているという。拙い手話しかできないぼくは、その力を借りて取材を進めることにした。

松谷選手の父親はずっと野球が好きだった。甲子園のシーズンになれば、話題はそのことばかり。そんな環境で育った松谷選手が野球に興味を持つようになったのも、ごく自然なことだったのだろう。小学校に上がってからは野球チームに所属し、ボールを追いかける日々を過ごすようになった。父親はそんな松谷選手をサポートしようと、いつも練習に付き添った。そして松谷選手は「甲子園に出場する」という夢を抱くようになった。

「お父さんが叶えられなかった夢をぼくが叶えられたら、ちょっとだけ親孝行になるかなって思ったんです」

そう言いながら、松谷選手は照れくさそうに笑った。

「実際に甲子園に出場できることが決まったとき、お父さんは号泣したんです。家族が引いちゃうくらい泣いて。ただ、甲子園が決まるまでに、野球が嫌になる瞬間もたくさんあったんです。楽しくないなって思ったりもしたし。それでも頑張れたのは、やっぱりお父さんに喜んでもらいたかったから。甲子園に出場する姿を見せるまでは、なにがなんでもやってやるっていう気持ちでした」

松谷選手が幼い頃から背負っていた覚悟のようなものに、母親は気づいていた。「お父さんの夢をあなたが引き継ぐ必要はない。嫌になったらいつだって辞めていいんだよ」と耳打ちすることもあった。けれど、松谷選手は野球を辞めなかった。それを支えていたのは、野球でつながった絆と深い愛情なのだろう。

最後に松谷選手が控えめに言った。

「聴こえない人だけでなく、障害があって不便な想いをしている人を見かけると、なにかしてあげたいと思うんです。自分になにかできることがあるんじゃないかって。それはお父さんを見て育ったから。お父さんは聴こえないことで、いろんな人に助けられてきました。だから、そんなお父さんの息子であるぼくが、今度はそれを返していく番だなって思うんです」

そう話す息子を見守る父親の目線は柔らかく、温かさに満ちていた。ぼくはそんなふたりを見て、泣きそうになるのをずっと堪えていた。

取材を終えると、松谷選手と父親が車で最寄り駅まで送ってくれた。運転席と助手席に座るふたりは、楽しそうに会話をしている。その光景が少し羨ましくなった。

東京行きの新幹線に乗ったぼくは、いつまでもこの日のことを反芻（はんすう）していた。聴こえない親を愛し、一緒に生きた松谷選手。それに比べてぼくはなにをしてきたんだろう。

目を閉じると、母の哀しそうな笑顔が浮かんだ。彼女にそんな表情をさせたのは、いつだってぼくだった。

第二十八話
優生保護法の被害者になった障害者たち

松谷選手と出会ってからというもの、コーダとして聴こえない親とどう向き合っていけばいいのかずっと考え続けていた。自分にはなにができるのか、そもそもできることなんてあるのか。考えれば考えるほど深い霧のなかに迷い込んでしまったようで、答えに辿り着くことができない。

二〇一八年九月のことだった。書けない原稿を前にネットサーフィンをしていたぼくの目に、衝撃的なニュースが飛び込んできた。

そのニュースによると、ろう者である兵庫県の夫婦二組が、国を相手取り訴訟を起こしたという。理由は、優生保護法による〝強制不妊手術〟。優生保護法とはいまはなき法律で、その第一条には「不良な子孫の出生を防止する」と記されていたらしい。

これは、〝障害者から障害のある子どもが生まれてこないように〟という歪んだ認識により、強制的に中絶・不妊手術を受けさせるというものだ。件（くだん）のろう者夫婦は、〝聴覚障害〟を理由に、国によって子どもを産めない体にされてしまった。同様の訴訟は、二〇一八年一月に提訴された宮城県のものが初。以降、全国で〝強制不妊手術〟という差別的な行為の被害者となった障害者たちが立ち上がった。


ニュースを目にしたとき、ぼくはかすかに体が震えているのを感じた。母がぼくを産んだのは、まだ優生保護法があった時代だ。つまり、もしかすると、ぼくは生まれてこなかったかもしれない。こうして毎日ご飯を食べ、友人たちとくだらないことで笑い合い、ときには親のことで悩むことができているのもすべて、母がぼくを産んでくれたからなのだ。一方で、我が身に宿った尊い命を強制的に諦めさせられた人たちがいる。それを思うと、こうして生きていられることがまるで奇跡のように思えた。

同時に、父が入院しているときに聞いた、祖母の言葉がよみがえる。

父との結婚を認める代わりに、母に突きつけられた条件。「子どもを作らないこと」。優生保護法に伴う訴訟のニュースを知ったぼくの脳裏には、祖母から聞いた昔話の光景が次々と浮かんでいた。

障害者同士だから、という理不尽な理由で、母は結婚に反対された。それでも想いを遂げるため、行く当てもないのに父とふたりで東京へと逃げ出した。そこで新生活を始めるはずだったものの、結局連れ戻された。きっと周囲は諦めたのだろう。ようやく母の結婚は認められた。けれど、今度は「子どもを作ること」を禁止される。若い母にとって、社会はいつだって向かい風だった。

結婚から十年が経つ頃、ようやく「子どもを作ること」が認められた。本当は認める・認めないの問題ではないのに、母は周囲の言いつけをしっかり守って生きていた。それは人として生きる権利を奪われてきたことと同義ではないだろうか。

母は優生保護法の被害者にはならなかった。けれど、家族からの偏見の被害者ではあった。祖母や祖父のなかに根付いていた障害者への偏見は、そのまま母へと向けられた。それは母の人生を考えて出した結論だったのかもしれない。ただ、いくら肯定的に捉えようとしても、受け入れることができなかった。あまりにもひどい。

そのとき、母は一体なにを思ったのだろう。ぼくなんかには想像ができない。それでもこうしてぼくを産み、育ててくれた。それは母にとってひとつの闘いでもあったかもしれない。

母が背負ってきたものについて、あまりにも知らないことが多すぎる。そして、〝知らない〟が故に、散々彼女のことを傷つけてきた。これまでの人生を振り返り、自分がしてきたことの罪深さを痛感した。後悔と反省の波が交互にやって来る。いまさらいくら謝ったって足りない。だったら、ぼくにできること、ぼくがすべきことはなんなのか。

書いて伝えよう、と思った。その頃、ぼくはウェブメディアで少しずつ自分の生い立ちや、聴こえない両親について発信するようになっていた。しかしながら、過去の体験を赤裸々にさらけ出すほどの勇気はなかった。自分が母にしたことを知られてしまえば、どう思われるだろうか。障害を理由に彼女を罵倒し、傷つけてきたことを公にすれば、嫌われてしまうのではないか。そう思うと、書けなくなることが多かったのだ。

でも、そうやって自分を守るのは、もうおしまいにしよう。息子であるぼくが母に対して抱いていた差別的な感情も偏見もすべてさらけ出すことで、あらためて母のように聴こえない人たちの苦しみを伝えていこう。それがぼくにできる、唯一のことじゃないか。

高校を卒業したばかりの頃、「なにかを表現したい」ともがいていた頃の自分の姿がよみがえる。あの頃は、動機のすべてが〝自分のため〟だった。でも、いまは違う。聴こえないことで困難と直面している人たちのために、書くことで力になりたい。心の奥底から初めての感情が沸き起こっていた。

第二十九話
コーダとして生まれたことを誇りに思う

それからぼくは、聴覚障害やコーダについての記事をたくさん書いてきた。なかでもとても反響があったのは、二〇一九年六月に「ハフポスト」で公開した『耳の聴こえない母が大嫌いだった。それでも彼女は「ありがとう」と言った。』というタイトルの記事だ。

そこには〝ふつう〟に喋れない母に対する怒りや絶望、そんな母を嫌っていた過去を綴った。あまりにもストレートすぎるタイトルだし、同じ立場のろう者が読んだら傷ついてしまうかもしれない、という懸念はあった。でも、嘘をつきたくはない。この記事は、聴こえない母につらく当たってきたぼくの〝罪滅ぼし〟なのだ。過去をなかったことにはせず、真正面から向き合う必要がある。それで批判されるのであれば、潔く受け入れよう。

記事が公開されると、見たことがないくらいの反響が寄せられた。ぼくと同じ境遇だったコーダの人たちからは「共感した」というコメントがつけられ、また親の立場で読み、「子どもとの接し方について考えさせられた」という人もいた。一つひとつのコメントやメッセージに目を通した。みんな、こんなぼくのことを応援してくれている。なかには「書いてくれてありがとう」と感謝を述べる人までいた。

なによりもうれしかったのは、これまでの人生でろう者難聴者と触れ合ったことがなかった、という人たちから届いたメッセージだった。「知らなかった。これからはもっと知っていきたい」。彼らから届いたメッセージを読んでいると、ディスプレイが滲んでくる。聴覚障害は目に見えづらい障害だからこそ、身近にそういう人がいることに気づかないケースが多々ある。でも、ぼくの記事をきっかけに、もしかしたら隣にいるかもしれない聴こえない人たちのことを想像してくれるようになれば、それ以上にうれしいことはない。

それを機に、聴こえない人たちやコーダに取材を重ねていった。そのたび、昔の自分を思い出したり、新しい発見に驚いたり、あまりにもつらい歴史に胸が痛んだりした。

コーダは「聴こえない親を守りたい」という肯定的な気持ちと、「聴こえない親なんて嫌だ」という否定的な気持ちとの狭間(はざま)で大きく揺れ動くこと。手話をうまく覚えられず、親との共通言語を見失ってしまい、「自分もろう者だったらよかったのに」と思い悩むこと。聴こえない親に〝通訳〟をしているだけなのに、「頑張っていて偉いね」と褒められ、それに違和感を覚えること。自身の境遇を「可哀想」とは思っていないのに、社会からの偏見により半ば強制的に〝可哀想な子ども〟にされてしまうこと。

ろう者難聴者は〝なにもできない人たち〟という偏見の目で見られていること。手話は聴こえない人たちを支えるための福祉ツールではなく、れっきとした〝言語〟であること。それにも拘らず、「聴こえるようになりなさい」という歪んだ口話教育を受けさせられていたこと。

聴覚障害について取材を重ねることは、つまり、母のことを知ることと同義だった。その道のりは平坦ではなかった。直視したくない過去の傷を突きつけられることもあったし、つらい歴史の被害者を知り、誰よりもショックを受けることもあった。でも、知らなければいけないとも思った。そして、いまを生きる人たちに知ってもらいたい、とも。

そしてその過程で、聴こえない親を持つ聴こえる子どもの会「J－CODA」に入会することになった。そこに入ったことで、それまで以上にコーダたちと交流することができた。

そこで見えてきた風景がある。それは、ぼくが出会ったほとんどのコーダが「コーダとして生まれたことを誇りに思っている」ということだった。コーダであることを積極的に発信し、手話の面白さやろう文化の魅力、聴こえることと聴こえないことの〝違い〟を大勢に届けようとしている。

振り返ってみれば、中学生の頃の弁論大会で聴こえない親のことを発表したCさんも、同じだった。親の耳が聴こえないことは、なんら恥ずかしいことではない。Cさんは若くしてそれを悟っていたのかもしれない。

そういったコーダの人たちの姿勢を見て、感銘を受けた。でも、同時に、少しずつ自分自身を責めてしまう時間も増えていった。自分の過去と向き合うと、嫌なシーンがフラッシュバックする。そのたびに目を背けたくなるし、すべてをなかったことにしたくもなってしまう。前向きなコーダの人たちを目にするたびに、後ろ暗い自分の過去に嫌気が差す。もう書きたくない、と思う。

でも、そんなぼくを救い出してくれたのも、ひとりのコーダだった。彼女の名は中津真美（なかつまみ）さん。東京大学特任助教としてコーダや聴覚障害の研究をする傍ら（かたわら）、聴こえない親を持つ聴こえる子どもの会「J－CODA」の中心人物としても活動している。

中津さんに取材させていただいたとき、ぼくは思わず本音をこぼしてしまった。

「ぼくは両親になにもしてあげられませんでした。それどころか、特に母のことを傷つけてしまった。いまはとにかく後悔しています。ぼくがこうして書いているのは、罪滅ぼしなんです」

すると、中津さんはやさしく微笑み、頷いた。

「わかりますよ。私が聴覚障害についての研究を続けているのも、罪滅ぼしですから」


中津さんは二十代の頃に、聴こえない父親を亡くした。最期のときに抱いたのは、「なにもしてあげられなかった」という感情だったという。以来、父親を想いながら、コーダや聴覚障害について広める活動に従事している。

中津さんは、こう続けた。

「コーダは揺れるものなんです。親を否定する気持ちと、それでも支えたいと肯定する気持ち。どっちもあっていいんですよ」

　中津さんの言葉がぼくを包み込む。母を傷つけてきた過去を否定せず、コーダとして思い悩んできたぼくの背中をさすってくれるような響きだった。さらに中津さんは言葉を重ねる。

「五十嵐さんは、私にとって弟みたいな存在なんです。書くことで聴覚障害のことを伝えようとしている姿を、同じコーダの姉として見守りたくなるような」

　幼い頃はずっとひとりぼっちだと思っていた。聴こえない親のことで感じる苦しみやつらさを共有できる人なんて、どこにもいないのだと思い込んでいた。でも、そうではなかった。こうして目の前に、あるいはＳＮＳを通じて、同じ痛みを共有できるコーダが大勢いる。

　まだ小さくて泣いてばかりいたぼく自身が、すくい上げられていく感覚がする。もう大丈夫。ひとりじゃない。

泣いてばかりいたあの頃は、こんなにやさしい未来が待っているだなんて想像もできなかった。これからは、前を向いていかなければ。コーダの物書きとして、文章で世界を変えていくのだ。中津さんに大きな勇気をもらったぼくの胸には、揺るぎない強さが宿っていた。

第三十話
「守る」のではなく「ともに生きていく」

母との過去を振り返りながら聴覚障害について書くこと。いつしかそれは、生きる意味になっていた。大げさだと思われるかもしれないけれど、母のことを傷つけてきたぼくにとって、その罪を浄化できるまで発信することには相当な意味がある。ときには泣きながら夜通し原稿を書くこともあった。聴覚障害のことを知ってほしい。その気持ちだけがぼくを突き動かしていた。

けれど、肝心の母には、記事を読ませることができなかった。もちろん、事前に記事を書くことは伝えていた。そのために母の写真を借りる必要があったからだ。けれど、内容が内容なので、記事が公開されても連絡はしなかった。過去の傷に触れたら、傷ついてしまうかもしれない。そう思うと、伝えることができなかった。大勢の人が読んでくれて、聴覚障害について知りたいと言ってくれている。本当はそれを報告したかったけれど、覚悟が持てなかった。

けれど、二〇一九年の秋、帰省したぼくに母が言った。

〈記事、読んだよ〉

夕飯を囲んでいるときだった。食卓には数々の海の幸が並んでいる。マグロのお刺身や手作りの塩辛、アサリの味噌汁、メカブを刻んだもの。どれもこれも幼い頃にはしょっちゅう食べていたものばかりだったけれど、いまとなってはすべてがご馳走だ。

〈記事って、どれ？〉

急にご飯が喉を通らなくなる。もしかして。

母に小突かれ、父がスマホの画面をこちらに向けた。そこにはぼくがハフポストで書いた記事が表示されている。しかも、よりによって『耳の聴こえない母が大嫌いだった。それでも彼女は「ありがとう」と言った。』というタイトルの記事だった。なんと言えばいいのだろう。タイトルだけを見て、ショックを受けてしまっただろうか。

〈もしかして、読んだの？〉
〈当たり前でしょう〉
〈ごめん……〉

母はぼくの目を見つめ、手を動かす。

〈どうして謝るの。書いてくれて、ありがとうね〉
〈え？〉
〈自分の気持ちをちゃんと書いてくれて、ありがとう。すごくうれしかったよ〉

こんな風に喜んでくれるなんて思わなかった。母の隣で、老眼鏡をかけた父がスマホの画面を見つめている。父は父でニヤニヤしている。

〈お母さんのことが嫌いだった、なんて書いたのに、怒らないの？〉

〈ううん。あなたが子どもの頃の話だし、仕方ないよね。でも、いまはこうしてしょっちゅう会いに帰ってきてくれてる。それだけでいいのよ〉

思いがけず母に感謝され、なにも言えなくなった。

〈立派なお仕事じゃない〉

幼い頃から、母はずっとぼくを肯定し続けてくれた。なにをしても褒め、応援し、大丈夫だからと背中を押してくれた。でも、それがこんなにもありがたいことだなんて知らなかった。

〈ありがとう。これからも頑張って書いていくよ〉
〈楽しみにしてる。でも、あんまり変な写真は載せないでね。綺麗に写ってるのだけにしてね〉

ぼくらは顔を見合わせて笑った。とても穏やかな夜だった。

それ以降、ますます精力的に聴覚障害やコーダについて書くようになった。パソコンの前で、母と過ごした日々の記憶を手繰(たぐ)り寄せ、一文一文綴っていく。相変わらず苦しい瞬間はたくさん訪れたものの、自分の醜さや嫌な過去を文章として吐き出していくことで、いびつな歴史が少しずつ整理されていくような感覚を覚えた。

ただ、母との過去を書いていく上で、ひとつだけ絶対にやるべきことがあった。それは〝母への謝罪〟だ。母との関係がこじれ、なんとか修復できたものの、きちんと謝罪したことはなかった。いまさら謝らなくてもいいのではないか、とも思った。でも、自分の気持ちを整理するためにも、いつかは謝らなければいけない気がしていたのだ。

二〇二〇年九月、ぼくはその目的を果たすために帰省した。この頃は新型コロナウイルスの影響で帰省することも憚られるようになっていた。事実、年明けに一度帰省したきりで、ずっと帰ることができていなかった。父のスマホを介し、まめに連絡は取り合っていたけれど、顔が見えないコミュニケーションでは正確には母の様子が掴みづらい。

緊急事態宣言が解除され、それでも用心深く外出を控えていたぼくは、ついに母の元へと向かった。謝罪し、あらためてふたりの過去と向き合うんだ。仙台へ向かう新幹線のなかで、いつになく緊張していた。

帰省したぼくを迎えると、母は開口一番「体調は大丈夫？」と言った。いつだって彼女はぼくの心配ばかりする。

食事を終えると、翌日も仕事だという父が一足先に寝室へ向かった。おやすみを言い合うと、母とふたりだけになったリビングに、静けさが訪れた。

〈あのさ、言っておきたいことがあるんだけど〉

〈どうしたの？〉

微笑んでいる母を前にすると、うまく言葉を紡げなくなる。それでも、謝らなければ。

〈あの……ごめんね〉

〈なんのこと？〉

母は訝しむような表情を浮かべている。明確な言葉にして、ちゃんと伝えないといけない。

〈いままで、たくさん傷つけちゃってごめんなさい。子どもの頃、聴こえないお母さんが嫌だなんて言って、ごめんなさい。本当は大好きだったのに〉

言わんとしていることを理解したのか、母から笑顔が消えた。そして、母は大粒の涙を流しはじめた。その涙はどんな色をしているだろうか。動揺してしまう。

〈お母さん、大丈夫？〉

〈大丈夫、大丈夫〉

心配するぼくを片手で制止すると、母は呼吸を整え、さらに続けた。

〈謝る必要なんてないのに。あなたの気持ちはずっとわかってたんだよ。私の耳が聴こえないせいで、嫌な目にも遭ったでしょう。それでもこうして元気で、大きくなってくれて、それだけで充分。忙しいだろうに会いに来てくれるし、私はこんなにやさしい息子を持って、本当に幸せ。だから、謝らなくていいの。ありがとうね〉

今度はぼくの番だった。新幹線に乗り実家に向かっているとき、絶対に涙を流さないこと、と自分に言い聞かせていた。謝る方が泣いてどうするんだ。どんな反応が返ってきてもぐっと堪えて、笑みを浮かべて、終わり。そうするつもりだったのに、うまく自分をコントロールできない。

そうやってふたりで泣いた後、笑った。

〈そうそう、今度、本が出るんだ。お母さんとのことを書いたんだよ〉

母は目を丸くして驚き、手を叩いた。

〈すごいね！　夢が叶ったんだ！〉

いつだったか、母に話したことがあった。いつか本を出したい、と。母はぼくの無謀な夢を覚えていて、まるで自分のことのように喜んでくれた。

すると、母が恥ずかしそうに言った。

〈お母さんも、夢があるの〉
〈え？　どんな夢？〉

母が抱く夢を知った瞬間、「この人には敵わないな」と思った。

〈あのね、いつか子どもたちに手話を教えてあげたいの。そういう教室を開くのが、お母さんの夢〉

なにもできない、弱い存在だと思っていた母は、決してそうではなかった。もしかしたら、ぼくが幼い頃から彼女は強かったのかもしれないし、さまざまなことを経て強くなったのかもしれない。それはわからないけれど、いま目の前にいる母は、もう「守ってあげる」べき存在ではなかった。守ってあげるのではなく、「ともに生きていく」のだ。

〈それならさ、お父さんが退職したら、ふたりで東京に引っ越してきたら？　そこで

手話教室やろうよ。ぼくも手伝うから〉
〈ああ、それもいいかもしれないね！　なんだか楽しみ！〉
母の夢は〝ふたりの夢〟になった。それを叶えるため、もっともっと走らなければ。立ち止まっている暇なんてないだろう。
そろそろ日付が変わる時間だったけれど、ぼくらはずっと手を動かし続けた。ふたりしかいないリビングはとても静かで、庭先で鳴く虫の声だけがかすかに聞こえていた。

あとがき

本書を執筆中、常に頭の片隅にあったのは、寂しそうな表情を浮かべている幼い頃のぼく自身の姿だった。どうして自分だけがこんな想いをしなければいけないの？あの頃のぼくが何度も何度も問いかけてくる。

でも、こうして母との過去を振り返ることで、ぼくはやっと決着をつけることができたように思う。苦しかった日々を美談へとすり替えるのではなく、それでも「決して悪いものではなかった」と認めることができたのだ。

本書を読んでくださった方々の胸には、どんな想いが広がっているだろうか。なかには「不幸自慢じゃないか」「露悪的だ」と否定的な気持ちになっている人もいると思う。ひとりの書き手として、その批判も甘んじて受け入れたい。

ただ、それでもひとつだけ伝えたいことがある。ぼくが本書を綴ったのは、「知ってもらいたい」からだ。聴こえない親と聴こえる子どもとの間に、どんな出来事が起きうるのか。それをとにかく知ってもらいたかった。

ぼくが子どもだった頃に比べると、ろう者難聴者に限らず、いわゆる社会的マイノリティの人たちへの差別や偏見は少なくなったように感じている。差別や偏見に反対の意を示す友人も増えた。それはとても心強く、うれしいことだ。

一方で、まだまだ差別や偏見は根強いとも思う。誰もが生きやすい社会の到来は、もう少し先の未来のことなのかもしれない。

だからこそ、ぼくは「知ってもらいたい」と思っている。マイノリティとマジョリティの間に横たわる分断は、「知らないこと」によって生まれるからだ。そのために、ぼくは筆を執った。本書で綴ったのはあくまでも個人的な体験に過ぎないけれど、これを〝別世界で起きた他人事（ひとごと）〟にせず、自分のすぐ隣で起きているかもしれない現実として受け止めてもらえると幸いだ。

＊＊＊

本書が生まれるまでには、非常に多くの人のお力を借りました。すべての始まりとなった記事『耳の聴こえない母が大嫌いだった。それでも彼女は「ありがとう」と言った。』を執筆する機会を下さった、編集者の川崎絵美さん、笹川かおりさん。おふたりのおかげで聴覚障害について書いていく決心がつき、ここまで来られました。

担当編集者の羽賀千恵さんには、細やかなサポートをしていただきました。なかなか書けないぼくに対し、ヤキモキすることもあったかと思います。それでも辛抱強く、最後まで併走していただいたことで、心のなかに溜まっていた澱を吐き出すような原稿を書くことができました。

ブックデザインを担当してくださったのはアルビレオさん。原稿を読み込んだ上での素敵なご提案に、心の底から感動しました。その結果、カバーにはろうの写真家である齋藤陽道さんの作品を使わせていただくことになりました。今回の写真をひと目見たとき、「子どもの頃のぼくがそこにいる！」と興奮したのを覚えています。社会からの眼差しに怯え、怖がり、だけど世界とつながろうとしている。大きな葉っぱに空いた穴からこちらを覗き込んでいる少年の姿は、そんな過去の自分と重なっています。

校正さんたちのお仕事はとても丁寧で、書き手として信頼できるものでした。細かなミスにも気づいてくださり、本当に助かりました。

その他にも、実名でご登場いただいた松谷尚斗さんや中津真美さんを始め、さまざまな方との出会いがあったからこそ、この一冊を書き上げることができたと感じています。みなさま、本当にありがとうございました。


最後に、両親へ。

まずは、ずっと母を守ってくれていた父。無口でいつも仏頂面を浮かべているけれど、あなたが誰よりもやさしい人だと知っています。母だけでなく、ぼくのことも見守ってくれてありがとう。今回はあまり書かなかったけれど、いつかは父とのことも一冊の本にしたいと思っています。そのときはよろしくね。

そして、ずっと傷つけてばかりだった母。あらためて、ごめんなさい。こうして過去を振り返ってみて、自分がいかにひどいことばかりしてきたのかを思い知りました。それでもぼくを見捨てず、いつも応援してくれていたことは一生の宝物です。あなたに教わった一つひとつのことを、今度はぼくが誰かに伝えていく番だと思っています。やっと見つけた〝ふたりの夢〟を、近い将来、絶対に叶えようね。

＊＊＊

幼い頃、ぼくは何度も「障害のない親の元に生まれてきたかった」と思い、苦しみ、泣いた。でも、いまはこう思う。

もしも生まれ変わることがあるのならば、また同じ両親の子どもになりたい。耳が聴こえない母と父の元に生まれ、手話を使って、ふたりとたくさんお喋りがしたい。「聴こえる世界」と同じくらい、「聴こえない世界」も大切だから。

二〇二〇年十一月吉日

文庫版あとがき

本書は二〇二一年に刊行された『ろうの両親から生まれたぼくが聴こえる世界と聴こえない世界を行き来して考えた30のこと』を改題したものだ。文庫化にあたって加筆修正もしたけれど、それは必要最低限に留めることにした。

人間はいくつになっても成長できるもので、単行本版が刊行されてからの三年の間に、視野が広がったり物事の解像度が上がったりと、ぼくにもそれなりの変化が訪れた。となると、ゲラを読み返しながらも、そこに書かれていること（あるいは書かれていないこと）の捉え方にも微妙な違いが出てくる。それでも加筆修正を最低限にしたのは、このエッセイを執筆していた当時の自分のことを尊重しよう、と思ったからだ。

「知ってもらいたい」という一心で、ずっと目を背けていた過去と向き合い、懸命に綴る。当時のぼくは、とにかく必死だった。それはまるでかさぶたを剝がす行為にも似ていて、痛いとわかっているのにやめられない。血が滲んでもやめちゃいけない、と思っていた。そうして完成した一冊には稚拙なところも目立つし、もっと上手に書けるんじゃないかと思う部分もあるのだけれど、それも含め、当時のぼくは、自分自身と母との間に起こった出来事をひとりでも多くの人に届けたくて一生懸命だったのだ。そんな三年前のぼくの荒削りな想いを大切にした結果が今回の文庫版であることを、ご承知おきいただきたい。

さて、三年だ。そう、ぼくと母との日々を綴った一冊が世に出てからもう三年も経ったのだ。その間、世界は驚くほど変化していった。

当時はイメージすらできていなかったけれど、いま、コーダについて綴られた書籍が次々と登場している。本書にも登場する中津真美さんが手掛けた『コーダ きこえない親の通訳を担う子どもたち』、複数人のコーダが体験談を寄せた『コーダ 私たちの多様な語り』、フランスのコーダによる自伝的エッセイ『手はポケットのなか』、また丸山正樹さんの代表作である「デフ・ヴォイス」シリーズも順調に続編が生み出されている。まだまだ充分とは言えないけれど、コーダについて知ってもらおうと考えている書き手や編集者が増えたことが、率直にうれしい。

それだけではない。コーダについて発信するYouTuberもいるし、映像作品の世界では『コーダ あいのうた』『しずかちゃんとパパ』『デフ・ヴォイス 法廷の手話通訳士』といったコーダを主人公に据えたものも放送され、いずれも称賛された。

コーダを取り巻く環境は、三年でこんなにも変わったのだ。


単行本を書き上げたとき、「コーダのことが誰かに届いて、社会がほんの少しでもやさしくなってくれたらいいな」と思った。同時に、「そんなの無理かもしれないな」という諦念もあった。それは自分自身を守るための、期待して裏切られたときの心を守るための、先回りの逃避だったのかもしれない。でも、そんなものは杞憂だったのだ。

書籍で、あるいは映像でコーダを知り、当事者に想いを寄せてくれる人が大勢いる。あるとき、コーダについて、そしてぼくの出自について知った高校の同級生からこんなメッセージが届いた。

『あの頃、五十嵐みたいな人たちがどれくらい苦しんでいるか、想像もできなかった。なにも気付けなくてごめん』

謝る必要なんてない。知ってくれるだけでいい。ただそれだけで見える風景は劇的に変化し、そうすればきっと、そこで困っている人の姿にも気付けるようになるから。これはこの同級生に対してだけではなく、本書を読んで初めてコーダを知った人たち一人ひとりに対しても言えることだ。

そのうえでもしもひとつお願いをするならば、コーダのことを身近な人にも広めてもらいたい。その輪が広がっていったとき、いつの日か、この世界のどこかでたったひとりで泣いているコーダ当事者にも、やさしさが届くかもしれないから。

そして最後に、うれしい報告もしたい。

このエッセイを原作とした実写映画の公開が控えているのだ。監督をはじめとする制作陣は、コーダが抱える困難を丁寧に理解し、映像に落とし込んでくれた。その姿勢に感動するとともに、この映画もコーダを知ってもらうための一助になったらいいな、と思う。

母も父も、映画の公開を楽しみにしてくれている。「私たちのことが映画になるなんて信じられないね」とは母の談だが、とても嬉しそうに笑っていたのが忘れられない。

コーダ当事者の発信はこれからますます盛り上がっていくだろう。いまはまだ「はじまり」に過ぎないのだ。ぼくも当事者のひとりとして、これからもコツコツ執筆していきたいと思う。

コーダが抱える困難を一から説明しなくても済む日が来る、そのときまで。

二〇二四年三月吉日

五十嵐　大

解説

港　岳彦

ぼくは2022年の春、「この本を映画にしたい」という呉美保監督のお声がけで、本書をひもとくことになった。

「ぼくは耳の聴こえない両親の元に生まれた」という書き出しから、驚くほど平易な文体にのせられて、いっさいつまずくことなく夢中で読み進んだ。

その読書体験は、ひじょうに鮮烈なものとなった。

この自伝は、聴こえない親のもとで生まれ育った自分自身の心の軌跡を、包み隠さず、ありのままに描くことで、その「声」を社会に広く響かせていこう、という明瞭な意図のもとに書かれている。むずかしいことばをもちいず、わかりやすい表現に徹することで、自然と万人の心に届く作品になっている。
そんな作品に仕上げることが、自分の作家としての使命なのだと、著者の五十嵐大さんは心に決めていたのだろう。

その決心が、美しく、まぶしい。

自分の話で恐縮だが、ぼくの弟は重度の知的障害者だ。彼は3歳児程度の知能しかもっていない。小学生のころ、親から一緒に登校することを命じられたぼくは、不明瞭なひとりごとをぶつぶつとなえる弟を連れて歩くのが恥ずかしくてしかたなかった。ある朝、他人をよそおうために距離をおいて歩いていたら、弟が車にはねられてしまった。さいわい無傷ですんだが、親は「この兄は頼りにならない」と見切りをつけたのだろう、弟をべつの小学校に転校させ、送り迎えは自分たちでするようになった。うしろめたい気持ちもあったが、やっぱりぼくはほっとした。
将来を考えるときにも、つねに弟の存在がちらついていたし、上京してからはいつも「弟を見捨てた」という罪悪感にさいなまれた。親もしばしば不意打ちのように

「弟はどうすっとね?」と問いを投げかけて、ぼくを沈黙させた。

だから本書を読んで随所で「わかる」と思ったし、五十嵐さんに勝手に同志的な絆を感じた。障害者の家族のいる人間特有の心理をすみずみまで共有した気持ちになったのだ。

だが脚色作業のために聴覚障害者の方々に取材したり、いろいろな書籍を読むなかで、その理解は少しずつちがった形をとりはじめた。

そもそも聴覚障害と知的障害を「障害」の語のもとに一緒にしたことは、乱暴だった。『ろう者から見た「多文化共生」もうひとつの言語的マイノリティ』(ココ出版)を読み、「ろう者は障害者ではなく、手話という日本語とは違った言語を話す言語的少数者である」という定義を知った時には特に痛切にそう感じた。

かといって障害とされた側がほかとくらべて劣る、という考え方もぜったいにちがう。ではなぜ自分は弟を恥ずかしいと思ったのか。〝健常者〟の側から見た弟の振る舞いがきわだって珍奇だからではないのか。社会において奇異にうつる行為をする永遠の3歳児、それはやっぱり障害ではないのか。いい年をして、ひとりではバスに乗ることも店でものを買うこともできない人間は劣っているのではないのか。

いや、障害は社会の側にある、社会がなんらかの障害をもつ個人に不便を感じさせるように設計されていること自体が障害なのだ――といったテーマが「障害の社会モデル」というトピックで広く議論されていることも、取材に協力してくださった手話通訳者の方に教わって知った。この障害の社会モデルを踏まえつつ、より解像度を上げた「障害とは個人と個人との間の差異に生じる」という鈴木励滋さんのような考え方にもふれることになった。

こうしてぼくは「障害ということばのもとに個別の体験を一般化するのは間違っている、それらはひとつひとつ違う」という学びをえたのだが、そのうえで改めて本書を読み返すと、やっぱり「まるで自分が書いた話のようだ」と思わせる強い共感力がみなぎっているのであった。

それが、五十嵐大という書き手の力なのである。

幼い子の心理や思春期の少年の鬱屈、さらには自身のアイデンティティをつかんだ青年の力強い旅立ちの心理を、いまこの瞬間めばえたもののようにあざやかに描出する筆致。それによって、誰もが深く感情移入して、自分ごとのように彼の人生を追体験する。聴こえないひとやコーダの尊厳を手でふれるように感じ、知ることができる。

こうして読み手はシンプルな真理に回帰する。

「障害ということばのもとに個別の体験を一般化するのは間違っている、それらはひとつひとつ違う。だが基本的な倫理観にちがいはない、偏見と差別をしてはならない」

彼が人にそう感じさせる力を身につけたのは、家族のことを恥じ、逃げるようにでた東京で、手話サークルに参加し、コーダが自分だけでないことを知った経験に起因するのではなかろうか。日本では約2万2千人いると言われているコーダ。彼はそれまで自分だけの、個別の苦しみだったものが決して自分ひとりのものではないことを知った。

知ること、それ自体が救いになった。

だから、その経験を見知らぬ誰かに手渡したいのではないだろうか。「書く」という自分の武器を、社会のために使おうと決意したのではないだろうか。

ろう者の、そして聴こえない親をもつ聴こえる子どもの存在が、今以上に知られ、彼らがこうむってきた世間の無理解による差別や偏見、心ないことばや態度を、少しでも減らしたい。

そんな目的意識が、本書では教化の匂いをほとんどさせずに、胸をうつ清冽な成長物語として昇華されている。これはほとんど奇跡的なことのように思える。

本書は『ろうの両親から生まれたぼくが聴こえる世界と聴こえない世界を行き来して考えた30のこと』というタイトルで刊行され、ぼくらもその名で出会って脚色作業に取り組んでいたが、映画タイトルとしては観客のみなさんがおぼえづらいのではないかという懸念があったので、『ぼくが生きてる、ふたつの世界』とさせていただいた。今回、文庫化にあたって、そのタイトルに改めることになったと聞いて、いささかうろたえた。しかしとても名誉なことだとも思う。

脚本を書くにあたって、ぼくら映画制作チームは五十嵐さんに本書の舞台となった故郷の町を案内してもらった。お父さまと釣りをしていた場所、登下校の帰り道、お母さまがよく買い物をしていた市場、あの駅にも立ち寄った。どの駅？

中盤、五十嵐さんが、成人式用のスーツを買いに行った帰りに、母と話すあの駅である。

――電車のなかで、大勢の人たちが見ている前で、手話を使って話してくれて、本当にうれしかった。今日はとても楽しかったの。だから、ありがとうね。

ぼくが自分でもどうかと思うほど泣かされた、あの名場面の駅である。本書を読みながら、そのお母さまにもほんの一瞬だけ、ご挨拶することができた。本書を読みながら、そのかぎりない優しさをもつ天衣無縫なキャラクター造形は、少々美化しすぎなのではないか？　との疑いがあったのだが、実際にお会いしてみてわかった。書かれたままの方だった。無邪気な心がその場で白い花となって咲いたみたいな方だった。立ち会ったみんなの顔がぱあっと明るくなった。

もちろん、駅での場面は映画にもでてくる。というか、そこを起点に脚本を構成した。ぼくがもっとも心を打たれた場面だから。五十嵐さんを演じる吉沢亮さん、お母さまを演じる忍足亜希子さんのすばらしい演技をぜひ楽しみにしてほしい。

本書の単行本版のあとに五十嵐さんは『聴こえない母に訊きにいく』（柏書房）を

上梓する。社会的・歴史的な視座を獲得した著者が、両親の人生についてより踏み込んだ聴き取りをおこなう私的なルポルタージュだ。両親の駆け落ちの真相が当人たちの口から語られ、「大」という名前を誰が、なぜつけたのかもあきらかになる。本書ではかぎりなく私的な目線で書かれた両親の人生が、より構造的な視点で解き明かされていく。何より、優生保護法の詳細が衝撃的だ。彼にとって優生保護法とは、母親、ひいては彼自身の存在を根本から消してしまうものであることが突きつけられる。彼はひとがひとの優劣を定めることの恐ろしさを存在論的に体感、体現してしまっているのだ。硬質な内容だが、本書を読んだ方にはぜひお勧めしておきたい。

『しくじり家族』（CCCメディアハウス）は、本書でもちらと出てくる、元ヤクザの祖父の葬儀で著者が喪主を務める羽目になった顚末を描く一作で、五十嵐家サーガのなかでもっともカジュアルな読み味が楽しめる。『隣の聞き取れないひと　APD／LiDをめぐる聴き取りの記録』（翔泳社）では「聞こえるのに聞き取れない」という聴覚情報処理障害の方々へのヒアリングを通して、可視化されづらい障害をかかえた人々の困難を社会に向けて発信している。

ミステリーの老舗・東京創元社から出た、五十嵐さん初の小説『エフィラは泳ぎ出せない』では、知的障害の兄が自殺した、という報を受けて故郷へ帰る主人公を通して、障害当事者とその家族の生きづらさが浮き彫りにされていく。フィクションとはいえ、心理描写、社会のひずみを鋭く見据える眼力、問題意識、そのどこを切り取っても五十嵐節で、書くべき主題をはっきりとつかんだ者の表現はいよいよ力強さを増しているようである。

ノンフィクションであれ、フィクションであれ、五十嵐大はその表現において強固な使命感をもっている。彼にとって本書はそんな創作活動の礎であり、また社会の側からも強く存在を要請されている作品だと思う。

末長く、できるかぎりおおぜいの人に読みつがれてほしい。

——脚本家

この作品は二〇二一年二月小社より刊行された『ろうの両親から生まれたぼくが聴こえる世界と聴こえない世界を行き来して考えた30のこと』を改題したものです。

ぼくが生きてる、ふたつの世界

五十嵐大

令和6年7月15日　初版発行
令和6年11月10日　3版発行
発行人——石原正康
編集人——高部真人
発行所——株式会社幻冬舎
〒151-0051東京都渋谷区千駄ヶ谷4-9-7
電話　03(5411)6222(営業)
　　　03(5411)6211(編集)
公式HP　https://www.gentosha.co.jp/
印刷・製本—中央精版印刷株式会社
装丁者——高橋雅之

幻冬舎文庫

ISBN978-4-344-43377-9　C0195　い-74-1

この本に関するご意見・ご感想は、下記アンケートフォームからお寄せください。
https://www.gentosha.co.jp/e/